www.tredition.de

AF177014

Michael Jacobs

Die Liebes- achterbahn

Eine humoristische Irrfahrt durchs Leben

www.tredition.de

© 2020 Michael Jacobs

Verlag und Druck:
tredition GmbH, Halenreie 40-44, 22359 Hamburg

ISBN
Paperback: 978-3-347-18912-6
Hardcover: 978-3-347-18913-3
e-Book: 978-3-347-18914-0

Dieses Buch ist gewidmet meiner geliebten Frau. Ich bin glücklich Dich gefunden zu haben und immer an meiner Seite zu wissen.

In Liebe M.J

Prolog

Ein Hauch von Sommer lag in der Luft. Die Sonne schien hell. Keine Wolke am Himmel. Der junge Mann am Steuer des schicken Cabriolets konnte die Wärme der Sonnenstrahlen auf seiner Haut spüren. Sein Haar wehte ein wenig im Wind. Zumindest soweit dies mit seiner Haarlänge möglich war.

Eine dunkle Sonnenbrille schützte ihn davor geblendet zu werden. Zusätzlich zu der Sonnenbrille trug er noch ein Lächeln im Gesicht. Und das war nicht selbstverständlich. Schließlich hatte er eine harte Zeit hinter sich. Mit vielen Aufs und Abs. So als würde sein Leben einer Achterbahnfahrt gleichen.

Aber auch seine Begleiterin konnte ein Lied davon singen. Auch ihr Gefühlsleben wurde einmal wild durcheinander geworfen. Es war viel passiert. Und es war noch nicht allzu lange her, da alles noch ganz anders gewesen war. Aber all das war jetzt egal. Das zählte jetzt alles nicht mehr. Jetzt waren nur noch die beiden wichtig.

Zwei Herzen ein Ziel. In diesem Fall war das Ziel des frischgebackenen Pärchens der nahe gelegene Flughafen. Ein gemeinsamer Liebesurlaub stand an. Das war ursprünglich so zwar nicht geplant gewesen, aber es kam ihnen sehr gelegen in Anbetracht der aufreibenden Ereignisse der letzten Zeit. Es würde ihnen gut tun endlich mal rauszukommen. Einfach mal weg. Auf diese Weise hätten sie eine Gelegenheit all das zu verarbeiten, was in den letzten Monaten passiert war. Es war alles so verrückt, dass sie es selbst noch nicht glauben konnten. So wie die Tatsache, dass ausgerechnet diese beiden, an diesem Tag, gemeinsam auf dem Weg waren sich voll und ganz ihrer Liebe hinzugeben. Einer wahren Liebe.

Der junge Mann hatte das Finden der wahren Liebe einmal mit einem Musikkonzert verglichen. Dort gab es immer zwei Typen. Der eine versuchte verzweifelt ein Ticket zu kaufen und der andere wiederum versuchte sein Ticket zu verkaufen. Aber aus irgendeinem unerfindlichen Grund fanden sich diese beiden Typen nie. Der junge Mann war froh, dass er es geschafft hatte diesen Kreis zu durchbrechen. Er hatte sein Ticket gefunden. Sein Ticket ins Glück. Und der jungen Frau, die nun den Platz auf seinem Beifahrersitz eingenommen hatte, ging es ebenso. Und so folgten sie den Anweisungen des Navigationsgerätes und strahlten mit der Sonne um die Wette.

Als sie am Flughafen angekommen waren und endlich einen Platz in dem großen Parkhaus direkt neben dem Hauptterminal gefunden hatten, schloss der junge Mann das Verdeck und holte die beiden großen Reisetaschen aus dem Kofferraum. Dann machten sie sich Hand in Hand auf den Weg zum Hauptgebäude. Zwischendurch tauschten sie immer wieder kleine Küsschen und liebevolle Zärtlichkeiten aus. Sie konnten nicht anders. Schließlich waren sie frisch verliebt. Und sie hatten einiges aufzuholen.

Der Weg zum Check-In Schalter durch die langen Flure und großen Hallen des Flughafengeländes schien endlos zu sein. Aber das störte die beiden nicht. Sie hatten es nicht eilig. Sie hatten alle Zeit der Welt. Die ganze Welt drehte sich nur um die beiden. Sie stellten das krasse Gegenteil dar zu der sonst vorherrschenden Hektik an diesem Ort. Sie waren der Ruhepol in mitten eines Gewusels aus Menschen, das von oben betrachtet aussehen musste wie eine Ameisenstraße mit viel Betrieb. Alle wollten nur so schnell wie möglich von einem Punkt zum anderen. Aber zwei Ameisen schwammen gegen den Strom. So als seien sie Lachse. Zwei Lachse in mitten einer Ameisenstraße.

Als sie den Schalter erreicht hatten, mussten sie noch eine Weile an der davor befindlichen Schlange anstehen, bevor sie an der Reihe waren. Nach einer kurzen Wartezeit übergab der junge Mann die Reisedokumente an die ältere Dame, die am Schalter saß und die beiden zu sich rüber gewunken hatte.

„Ah ja, die Flitterwochenreise. Dann bräuchte ich aber noch den Personalausweis von Ihnen und Ihrer Frau", sagte sie und deutete dabei in Richtung der Begleiterin des jungen Mannes.

Dieser wiederum zögerte etwas ob der Aufforderung.

„Nun ja. Da gibt es noch ein kleines Problem.", erwiderte der junge Mann.

Er drehte sich einmal kurz um zu seiner Begleiterin und dann wieder zurück zu der Dame am Schalter.

„Genaugenommen ist meine Frau gar nicht hier. Stattdessen wird dieses bezaubernde Fräulein mich auf dieser Reise begleiten."

Die Flughafenangestellte wusste nicht so recht, was sie davon halten sollte und schaute den jungen Mann zunächst etwas irritiert an, bevor sie eine Antwort hervorbringen konnte.

„Sie meinen, Sie haben diese Flitterwochenreise gebucht für Sie und Ihre Frau. Aber Ihre Frau haben sie zu Hause gelassen und stattdessen diese junge Dame mitgebracht."

Der Blick der Dame am Schalter barg nun eine gewisse Strenge in sich.

„Ich bin hier zwar nicht die Beauftragte für moralische oder ethische Missstände, aber im Namen aller Frauen hoffe ich doch, dass Sie dafür eine anständige Erklärung haben."

Der junge Mann drehte sich erneut zu seiner weiblichen Begleitung um und lächelte sie sanft an.

„Die habe ich. Allerdings muss ich sie vorwarnen. Das ist eine etwas längere Geschichte."

Kapitel 1 – Abwärts

Beep, beep, beep. 05:51 Uhr zeigten die analogen Zeiger auf der Digitaluhr an, die auf dem kleinen Nachtisch neben dem Bett stand. Mit geschlossen Augen benötigte Florian vier Versuche, um die Schlummertaste zu erwischen, welche das nervtötende Geräusch des Weckers endlich zum Verstummen brachte. Neun Minuten würde ihm das jetzt verschaffen, dachte er. Man könnte meinen er sei entweder perfektionistisch veranlagt oder er gäbe sich hin und wieder gewissen Zwangsstörungen hin, je nachdem wie man das sehen mochte.

Jedenfalls hatte er aus dem einem oder dem anderen Grund den Wecker auf genau neun Minuten vor sechs Uhr früh gestellt. Inklusive der neun Minuten Schlummerzeit, kam er so auf eine Aufstehzeit von Punkt sechs Uhr. Um diese Uhrzeit stand er jeden Morgen auf, mit Ausnahme an Wochenenden und Feiertagen. Warum er den Wecker nicht direkt auf sechs Uhr stellte und die neun Minuten somit automatisch in der originären Schlafphase aufgingen, wusste er jedoch selbst nicht so genau. Richtigen Schlaf fand er in diesen neun Minuten jedenfalls nicht mehr. Vielleicht war das so eine psychologische Sache, legitimierte er sein Verhalten sich selbst gegenüber.

So oder so war es seiner Meinung nach viel zu früh, um aufzustehen. Allerdings leider notwendig. Denn nur so hatte er eine Chance, ohne den morgendlichen Stau zur Arbeit durchzukommen. Fuhr er nur etwas später los, wars das. Dann brauchte er mindestens eine Stunde an statt der 20 Minuten, die er sonst benötigte.

Beep, beep, beep. 06:00 Uhr. Nun war keine weitere Verzögerung mehr möglich. Florian kämpfte mit aller Macht gegen die Schwerkraft an, die seine Augenlider gnadenlos nach unten drückte. Dieser verdammte Newton.

Oberkörper aufrichten und dann die Beine aus dem Bett, um schließlich in den Stand zu kommen. Tägliche Morgenroutine. Seine Freundin Lisa war bereits im Bad, als er morgentrunken herein schlurfte.

Während Florian das warme Wasser der Regendusche genoss, machte sich Lisa hastig fertig, so wie an jedem Tag.

Normalerweise verließen die beiden gemeinsam das Haus und Florian nahm sie noch ein Stück mit, bis zu der Grundschule, die auf seinem Arbeitsweg lag und wo Lisa seit einiger Zeit als Lehrerin tätig war.

„Jetzt halt Dich mal ran. Wir haben schon 33", rief sie ihm, mit Blick auf die Uhr, in einem recht morgenmuffeligen Ton entgegen, als er aus der Dusche kam.

„Ja, ja. Das hat der Hitler damals auch gesagt", entgegnete er ihr mit seinem ganz persönlichen Humor, der meistens politisch nicht sonderlich korrekt war und auch nicht immer auf Verständnis stieß.

Und auch diesmal erntete er für seinen Spruch lediglich einen bitterbösen Blick. Anschließend machte sich Florian im Eiltempo fertig, denn er hatte das Gefühl, dass seine Freundin mit jeder Minute schlechter gelaunt wäre, die sie länger auf ihn warten musste.

Während er seine Haare mit etwas Gel in Form zu bringen versuchte, betrachtete er sich selbst im Spiegel. Er hatte kurzes, dunkles Haar und einen leicht braunen Teint. Das mochte er besonders an sich. Wenn er mal ordentlich Sonne getankt hatte, konnte er glatt als Südländer durchgehen. Leidglich seine fehlenden Sprachkenntnisse würden ihn auffliegen lassen.

Sprachen waren nämlich gar nicht sein Ding. Dafür hatte er eher eine Begabung für Mathematik und Naturwissenschaften. Und sportlich war er. Das sah man auch seiner Figur an. Obwohl er nicht übermäßig viel für seinen Körper tat, sah er immer recht durchtrainiert aus.

Lisa hatte hingegen eine große Begabung für Sprachen. Während Florian schon Probleme hatte mit Englisch als seiner einzigen Fremdsprache, konnte Lisa dagegen vier Sprachen fließend sprechen. Wenn sie mal richtig wütend auf Florian war, dann wechselte sie beim Fluchen die Sprache, so dass er nicht verstand was sie sagte. Er konnte dann lediglich an der Tonart ihre Gemütslage erkennen.

Auch optisch unterschieden sich die beiden deutlich. Lisa hatte zwar ebenfalls eine sportliche Figur, aber ihr Haar war beinahe platinblond und neben Florian wirkte sie immer blasser als sie eigentlich war. Aber diese kleinen Unterschiede waren ihnen egal. Sie liebten sich trotzdem. Vielleicht war es das Prinzip der sich anziehenden Gegensätze gewesen, welches sie zusammengebracht hatte.

„Sind wir bald mal fertig?", rief sie in einem leicht gereizten Ton nach oben.

Am frühen Morgen eines Arbeitstages war das mit der Liebe immer ein bisschen relativ. Florian musste sich jetzt sputen.

Als er fertig war, eilte er die Treppe mit großen Schritten herunter. Im Anschluss daran verließen die beiden schweigend das Haus, begaben sich ins Auto und fuhren los.

Nachdem er Lisa an der Grundschule abgesetzt hatte, fuhr er auf die Autobahn. Stau! Na toll, dachte er. Wieso ist hier eigentlich ständig Stau? In Bayern müsste man wohnen. Dort sind die Straßen und die Infrastruktur hervorragend ausgebaut und gut in Schuss. Es muss irgendeine besondere Beziehung zwischen dem Verkehrsministerium und Bayern geben, dass das da so gut funktioniert. In NRW ist es jedenfalls eine Katastrophe mit dem Verkehr.

In der Politik wurde seit Ewigkeiten vehement die Notwendigkeit eines Tempolimits auf deutschen Autobahnen diskutiert. Dabei fragte sich Florian, warum darüber überhaupt gestritten wurde. Denn eigentlich gab es durch die unzähligen Baustellen und Staus auf den Straßen eigentlich schon längst ein implizites Tempolimit. Freie Strecken, wo man entspannt das Gaspedal durchdrücken konnte, gab es so gut wie gar nicht. Zumindest nicht auf den Strecken, wo Florian unterwegs war.

Naja, wenigstens die Industrie für Verkehrsschilder in Deutschland schien auf lange Zeit zukunftssicher zu sein. Anders war es jedenfalls nicht zu erklären warum man auf einem kurzen Autobahnabschnitt von wenigen Kilometern unzähligen Schildern begegnete, mit diversen Gefahrenhinweisen und Warnungen, sowie eines kontinuierlichen Wechsels der aktuell gültigen Geschwindigkeitsbeschränkung.

Im Radio lauschte Florian einem Bericht über die Demonstrationen gegen den geplanten Gesetzentwurf der EU zum Schutz des Urheberrechts im Internet. Aus Solidarität kündigte Wikipedia an am kommenden Donnerstag den Zugang zum größten Online-Lexikon für einen kompletten Tag zu sperren, ließ der Nachrichtensprecher verlauten.

Da mittlerweile die Kinder freitags sowieso nicht mehr in die Schule gingen, bietet sich der Donnerstag da wohl an, dachte sich Florian. So kriegen die wenigstens keine Probleme mit ihren Hausaufgaben oder anstehenden Referaten am Freitag, welche sie dann am Donnerstag hätten vorbereiten müssen.

Als er endlich den Stau auf der Autobahn hinter sich gelassen hatte, drückte er auf der Landstraße etwas aufs Gas, denn er wollte nicht in die Parkplatzproblematik laufen.

Florians Arbeitgeber hatte hier seinerzeit bei der Planung wohl auf das „Reise nach Jerusalem"-Prinzip gesetzt. Im Klartext heißt das, dass es auf dem Firmengelände weniger Parkplätze gibt als Angestellte mit Autos. Diejenigen, die auf dem Gelände keinen freien Platz mehr fanden, waren somit gezwungen außerhalb, irgendwo an der Straße eine Parkmöglichkeit zu suchen.

Das Dumme hierbei war, dass dort zum einen meist auch immer alles besetzt war durch die Mitarbeiter der umliegenden Firmen. Zum anderen musste man ein gutes Stück zu Fuß bis zum Haupteingang des Gebäudes laufen. Das war besonders an den Tagen eine große Freude an denen es in Strömen regnete.

Bei der Einfahrt auf das Firmengelände entdeckte Florian mit großer Erleichterung, dass noch genau ein Parkplatz frei war. Glück gehabt.

Zielstrebig fuhr er darauf zu, als ihn plötzlich ein Schrecken durchfuhr, verursacht durch ein lautes und unerwartetes Hupen. Reflexartig trat er auf die Bremse, brachte sein Auto zum Stehen und drehte seinen Kopf wild aufgeschreckt in alle Richtungen, um erkennen zu können was passiert war.

In diesem Moment sah er wie der Porsche Boxster seines Kollegen vorbeifuhr und ihm mit einem an Dreistigkeit kaum zu übertreffenden Selbstverständnis den letzten freien Parkplatz wegschnappte.

Dieser Armleuchter, dachte Florian, wobei Armleuchter nicht das eigentliche Wort war, was er im Sinn hatte. Dieser arrogante Fatzke. Dieser Intelligenzallergiker. Der Typ war das Ergebnis des Paarungsversuches einer mit Analkrebs verseuchten, im Solarium eingeschlafenen Kackbratze und eines Steroide fressenden Alpha-Kevins, der beim Idiotentest schon so oft durchgefallen war, dass er froh sein konnte wenigstens den Schwangerschaftstest bestanden zu haben.

Florian musste kurz durchatmen, bevor seine Gedanken mit ihm noch völlig durchgingen. Hans-Martin war der Name seines Kollegen, über den er sich gerade so aufregte. Er war noch relativ neu in der Firma, hatte aber einen guten Draht zum Geschäftsführer und führte sich gegenüber den anderen Kollegen schon selbst wie ein Chef auf, obwohl diese teilweise bereits seit vielen Jahren dort beschäftigt waren. Der Typ hatte inhaltlich nichts auf dem Kasten, konnte bloß große Rede schwingen und Florian fragte sich, wie man mit so einer Nummer überhaupt durchkommen konnte. Aber das war in manchen Fällen scheinbar durchaus möglich, wie das Beispiel von Hans-Martin zeigte.

Darüber hinaus schien er auch ein elender Frauenheld zu sein. Ständig hatte er eine neue Gespielin. Er erinnerte sich daran wie ein Kollege einmal scherzhaft über ihn sagte: „Hans-Martin.

Übrigens nicht zu verwechseln mit Sankt Martin. Der eine teilt seinen Mantel mit den Armen. Der andere teilt sein Bett mit den Weibern."

Das war eine sehr treffende Feststellung, wie Florian befand.

Jetzt blieb ihm aber erstmal nichts anderes übrig, als umzudrehen und doch einen freien Parkplatz an der Straße zu suchen, den er schließlich auch zweihundert Meter weiter fand.

Als Florian den Motor abstellte, hörte er das leise Prasseln von kleinen Regentropfen auf dem Autodach, welches sich in der Intensität und Lautstärke immer weiter steigerte. Florian erinnerte sich daran, dass er seinen Regenschirm zu Hause im Schirmständer hatte stehen lassen. Na toll, dachte er. Der Tag wird ja immer besser.

Florian war bereits stark durchnässt, als er den Eingang des Firmengebäudes erreichte. Sein Büro befand ich im dritten Stock des modernen Komplexes. Die Treppen bis dorthin zu gehen waren für ihn keine Option und so nutzte er wie an jedem Tag den Fahrstuhl.

Einer seiner neueren Kollegen hatte ihn einmal gefragt, warum er denn nicht die Treppe nehmen würde. Etwas Bewegung würde ihm guttun. Das war zwar nicht so anmaßend gemeint, wie es rüberkam, aber Florian wollte deswegen auch kein Fass aufmachen und hatte dem Jungspund entgegnet, dass er einfach sehr technikaffin sei und deshalb den Lift nähme.

Vom Fahrstuhl aus waren es noch ein paar Meter über den breiten Flur, bis er sein Büro erreichte. Es war ein großer Raum, in dem problemlos sechs Leute Platz fanden. Alle Büros waren nach dem sogenannten Flex-Prinzip ausgestaltet, so dass sich theoretisch jeder Mitarbeiter an jeden Arbeitsplatz setzen und dort arbeiten konnte.

In der Praxis hatte sich das so jedoch nicht durchgesetzt, da sich alle Mitarbeiter einfach immer wieder an den selben Platz setzten. Mit der Zeit hat sich dann doch wieder eine feste Platzordnung eingeschlichen mit dem Unterschied, dass sich auf den Schreibtischen so gut wie keine persönlichen Gegenstände befanden. Zudem gab es weder irgendwelche Pflanzen noch Bilder an den Wänden. Das war wohl laut Pflanzenkonzept so vorgesehen scherzte er mit seinen Kollegen immer darüber. Angeblich sollte das irgendwann mal geändert werden, war aber vermutlich in der Prioritätenlisten nicht sehr weit oben angesiedelt.

Die einzige Ausnahme bildete das Büro von seinem Chef. Das war im Gegensatz dazu sehr geschmack- und stilvoll eingerichtet. So unterschiedlich kann ein Pflanzenkonzept wohl ausgelegt werden.

Zu Beginn seines Arbeitstages durchstöberte Florian für gewöhnlich diverse Nachrichtenseiten im Internet während er dabei eine große Tasse gefüllt mit frisch gebrühtem Kaffee genoss. Heute ging es fast überall um den Brexit. Was für ein Unwort. Aktuell wurde wohl wieder irgendetwas verschoben, aber so richtig interessierte er sich schon lange nicht mehr für das Thema. Ihn erinnerte der Zustand der Briten als Mitglied bzw. Nicht-Mitglied der EU irgendwie an die Metapher von Schrödingers Katze, wo die Katze gleichzeitig tot und lebendig war.

Ein aggressives Telefonklingeln sorgte für ein jähes Ende seines mentalen Ausfluges in die Welt von Politik, Sport und gesellschaftlichem Klatsch. Am Apparat meldete sich Cheyenne, die persönliche Sekretärin und Assistentin seines Chefs. Jung, blond, hübsch. Allerdings nicht die hellste Kerze auf der Torte bzw. nicht der tiefste Suppenteller im Schrank.

Aber deswegen hatte sein Chef, der nebenbei gesagt verheiratet war, sie wohl auch nicht eingestellt. Hinter vorgehaltener Hand ging zumindest das Gerücht rund, dass da was lief zwischen den beiden. Aber das konnte Florian egal sein.

Er musste etwas schmunzeln, als sie ihn fragte, ob er da war. Wie sollte er denn sonst ans Telefon gehen, wenn er nicht da gewesen wäre, fragte er sich selbst. Er ließ sich allerdings nichts anmerken und das Schmunzeln war auch schnell aus seinem Mundwinkel verschwunden, denn sie bat ihn ins Büro seines Chefs zu kommen. Und zwar unverzüglich. Das war eher ungewöhnlich und konnte nichts Gutes verheißen.

Auf dem Weg ins Büro seines Chefs schossen ihm alle möglichen Gedanken durch den Kopf. Was konnte er von ihm wollen? Ob er gefeuert werden sollte? Eigentlich leistete er doch immer gute Arbeit. Zumindest seiner Meinung nach. Aber in der letzten Zeit gab es einige Entlassungen und Kündigungen. Und immer mehr neue Berufsanfänger wurden eingestellt. Nach Florians Gefühl verließen alle das Unternehmen, die was draufhatten. Oder anders gesagt, die die viel kosteten. Und die Büros waren nur noch gefüllt von Grünschnäbeln und Lackaffen, die von Tuten und Blasen noch keine Ahnung hatten. Manchmal kam er sich fremd vor, wenn er über die Flure ging und nur noch in unbekannte Gesichter blickte.

Florian musste zwei Etagen nach unten, um in den Gang mit den Büros des oberen Managements zu gelangen. Langsam wurde es ihm etwas mulmig zumute. Er konnte es sich jetzt nicht leisten seinen Job verlieren. Er hatte doch Pläne. Zukunftspläne.

Ihm kamen Bilder in den Sinn von arbeitslosen Familien, die man vormittags im Fernsehen begutachten konnte auf den Sendern, die nicht gerade für niveauvolle Inhalte bekannt waren. Er stellte sie sich vor, wie sie mit ihren Jogging-Hosen und fleckigen Unterhemden Tag ein Tag aus auf der Couch saßen. Morgens schon den Vorrat an Zigaretten für den Tag drehten und bis zum Abend in die Glotze starrten, wo sie dann wiederum die Karikaturen ihrer selbst betrachteten. Ihnen müsste es so vorkommen als schauten sie lediglich in einen Spiegel, dachte er sich.

Und die Kommunikation unter ihnen war das Schlimmste von allen. Keine normalen Gespräche. Gehör konnte man sich nur durch Schreien verschaffen. Der Wortschatz war beschränkt auf das Wesentlichste. Lediglich im Bereich der Fäkalsprache schien es unendliche Möglichkeiten zu geben. Der Ton war immer harsch. Niemals so etwas wie ein liebevolles Wort. Als würde das die Idylle ihres Daseins zerstören.

Auf dem Couchtisch stand neben den notwendigen Utensilien für die Lungenbrötchenbäckerei je nach Tageszeit entweder die Kaffeetasse oder das Dosenbier. Und die einzige Form der Bewegung bestand im Aufsuchen der Toilette zur Erledigung der unvermeidbaren Geschäfte.

Florian fragte sich ob diese Abbilder der Gesellschaft real seien oder nur aus einem Becken voller Gehirne von Autoren stammten, die in ihrem Leben nichts anderes zu Papier gebracht hatten und sich auf diese Weise eine gesellschaftliche Unterschicht erschufen, die so abstoßend wirkte, dass sie so die kognitive Dissonanz zu ihrem eigenen Versagen wieder auflösen konnten.

Wie auch immer. So wollte Florian nicht enden. So konnte er nicht enden. Er verdrängte all diese Gedanken aus seinem Kopf, denn er hatte bereits das Büro seines Chefs erreicht, öffnete die Tür und trat herein.

„Haben Sie eine Idee warum Sie hier sind?", fragte Florians Chef in einem autoritären Ton.

„Nein", antwortete Florian etwas zögerlich und versuchte gleichzeitig all die bösen Vorahnungen aus seinem Kopf zu bekommen.

„Nun", setzte sein Chef wieder an. Sein Ton wechselte dabei in einen gewissen monoton routinierten Klang. Als wolle er dieses Gespräch möglichst schnell abhandeln und als ob das nicht sein erstes Gespräch dieser Art war.

„Ich will nicht lange um den heißen Brei reden. Ihre Umsatzzahlen sind schlecht. Sie bringen sich nicht in die Firma ein. Im Gegenteil sogar. Ich habe bereits von verschiedenen Mitarbeitern vernommen, dass Sie sich des Öfteren kontraproduktiv für das Betriebsklima verhalten und geäußert haben. Und zu guter Letzt, sind Sie einfach zu teuer."

Bam. Das hatte gesessen. Noch bevor Florian irgendein Wort der Rechtfertigung herausbringen konnte, legte sein Chef nach.

„Wir konnten uns ein Arbeitsleben ohne Sie nicht vorstellen, aber ab morgen wollen wir es mal versuchen. Kurzum gesagt. Sie sind gefeuert. Und nehmen Sie das jetzt nicht persönlich. Ein Blinddarm fehlt auch am Anfang, aber man kann wunderbar ohne leben."

Florian musste schlucken und brauchte einen Moment, um erstmal seine Gedanken zu ordnen.

„Aber ich", setzte er an in dem naiven Glauben die Situation noch retten zu können.

Aber sein Chef fiel ihm sofort ins Wort.

„Geben Sie sich erst gar keine Mühe. Die Entscheidung ist bereits getroffen. Endgültig. Und denken Sie gar nicht dran gegen diese Entscheidung in irgendeiner Form vorzugehen. Es gibt mehrere Mitarbeiter, die bei Bedarf glaubhaft bezeugen können, dass Sie sich mehrfach des Diebstahls schuldig gemacht haben."

Jetzt wusste Florian überhaupt nicht mehr was los war. Seine Umsatzzahlen waren seiner Meinung nach gar nicht so schlecht. Er wehrte sich lediglich dagegen bei seinen Kunden zu viel abzurechnen an Leistungen, die er gar nicht erbracht hatte oder gar Stunden doppelt in Rechnung zu stellen, so wie es bei einigen seiner Kollegen bereits gängige Praxis war.

Was die anderen Punkte anging, hatte er keine Ahnung was damit wohl gemeint war. Einmal hatte er sich mit ein paar Kollegen in der Kaffeeküche etwas negativ über einige Arbeitsbedingungen geäußert, wie bspw. die geforderten Wochenarbeitsstunden, die mit dem Arbeitsrecht nicht hundertprozentig ein Einklang zu bringen waren. Oder über die Nichtberücksichtigung von Überstunden. Einer der Kollegen musste ihn deswegen angeschwärzt und als Querulanten denunziert haben. Verdammte Stasi-Methoden.

Florians Gedankenwirrwarr wurde unsanft wieder durchbrochen.

„Sie sitzen ja immer noch hier. Jetzt zeigen Sie wenigstens einmal in Ihrem Arbeitsleben ein bisschen Schwung und bewegen Ihren Allerwertesten aus meinem Büro. Ihre Papiere können Sie sich in der Personalabteilung abholen", forderte ihn sein Chef auf zu verschwinden und deutete dabei in Richtung der Bürotür.

Florian war ziemlich geknickt, als er das Büro verließ. Alle Sorgen und Ängste, die noch vor wenigen Augenblicken nur in seinem Kopf wie Geister wild herumtanzten, waren nun bittere Realität geworden. Er wollte jetzt nur noch schnell nach Hause. Schließlich musste er das irgendwie seiner Freundin beibringen. Aus der großen geplanten Reise würde wohl erstmal nichts werden. Jetzt ging es zunächst darum wieder Fuß zu fassen. Eine Neuorientierung. Vielleicht müssten sie sich auch in Zukunft etwas mehr einschränken.

„Ach du liebes Lieschen", dachte er laut.

„Sie wird außer sich sein. Blumen. Ich brauche Blumen."

Als er das Gebäude verließ und sich in Richtung seines Autos aufmachte, regnete es noch immer in Strömen. Aber das machte ihm nun nichts mehr aus. Statt zu rennen schlenderte er langsam vom Firmengelände. Der Kopf gesenkt und die Kleider durchnässt vom Regen.

Dadurch war es nicht erkennbar, ob die Tropfen, die über sein Gesicht rannen vom Himmel stammen oder ihren Ursprung in seinen Augen hatten.

Nachdem er sein Auto erreicht hatte, setzte er sich hinter das Steuer und schaute noch einen Moment lang ins Leere, bevor er den Motor startete und losfuhr.

„Naja.", sagte er sich.

„Wenigstens kann es jetzt nicht mehr schlimmer kommen."

Auf der Fahrt nach Hause überlegte er sich verschiedene Varianten, wie er seiner Freundin die Neuigkeiten schonend vermitteln konnte:

‚Hey Schatz. Dir war doch das Klimaschutzthema so wichtig. Vielleicht sollten wir das ernster nehmen und in Zukunft weniger fliegen. Und vielleicht können wir auch auf ein kleineres umweltfreundlicheres Auto umsteigen.'

Das ist doch Mist, dachte er. Neuer Versuch:

‚Hey Süße. Wie fändest Du es, wenn ich demnächst mehr Zeit für Dich hätte?'

Nein, so geht es auch nicht. Das ist doch alles ein gequirlter Gruß von der Razzia im Mokkastübchen. Das muss spontan kommen. Mit dem Herzen gesprochen.

Als er in seine Straße einbog, sah er das Auto seines besten Freundes Markus vor seiner Tür stehen. Seltsam, dachte er. Was will er hier? Er weiß doch, dass ich normalerweise zu dieser Zeit nicht hier bin.

Florian stellte das Auto an der Straße ab und begab sich in Richtung Haustür. In der Zwischenzeit hatte es aufgehört zu regnen.

Beim Betreten der Wohnung sah er die Schuhe und den Mantel seiner Freundin an der Garderobe. Ist sie denn schon zu Hause, fragte er sich mit zunehmender Steigerung seines Verwirrungsgrades.

Er ging ins Wohnzimmer und konnte seinen Augen nicht trauen. Was er da sah überstieg sein Vorstellungsvermögen. Das konnte nicht sein. Überall lagen Klamotten auf dem Boden. Wild verteilt.

Wenn er mal was rumliegen ließ, wurde er unmittelbar abgewatscht und angeschnauzt und jetzt so ein Chaos hier. Das würde er ihr jetzt so richtig unter die Nase reiben.

Aber wo war sie?

Im Wohnzimmer war niemand. In der Küche auch nicht. Niemand im Bad oder in dem kleinen Raum, welcher zur Zeit noch ein kleines Büro war, aber vielleicht irgendwann mal ein Kinderzimmer sein würde.

Es blieb nur noch das Schlafzimmer übrig. Also schaute er auch dort nach und was er dann sah war für ihn ein noch größerer Schock als das Chaos im Wohnzimmer.

Als er dachte er hätte seinen Tiefpunkt heute im Büro erreicht, wo er brutal gefeuert wurde, hatte er nicht damit gerechnet. Das übertraf alles. Seine Freundin und sein bester Freund. Die Frau, die er über alles liebte. Und der Mann für den er durch das Feuer gehen würde. Markus. Der Anwalt. Aber heute hatte er Lisa ins Kreuzverhör genommen. Und zwar so richtig.

Florian schloss die Türe direkt wieder und stürmte nach draußen. Er versuchte sofort die Bilder, die er gerade gesehen hatte, wieder aus seinem Kopf zu verdrängen. Seine Gedanken und seine Gefühle überschlugen sich und er musste aufpassen, dass er sich nicht selbst überschlug beim Hinauslaufen.

Obwohl die beiden ziemlich vertieft ineinander feststeckten, hatten sie ihn bemerkt. Sie lösten sich gegenseitig aus dem Griff, für den sie bei den olympischen Spielen im Ringen wohl Gold gewonnen hätten.

Während Lisa sich gleichzeitig mit der nötigsten Kleidung bedeckte und hinter Florian her stolperte, versuchte sie ihn aufzuhalten und zu beruhigen. Florian hörte wie sie seinen Namen rief und Dinge wie:

„Das ist nicht so wie es aussieht. Wir können das erklären. Du verstehst das falsch."

Aber Florian wollte nicht zuhören. Er wollte nicht mit ihnen reden, ihnen sagen wie sehr sie ihn enttäuscht haben. Wie sehr er verletzt war. Er wollte einfach nur weg.

Er eilte zu seinem Auto, stieg ein und fuhr los. Ohne eine konkrete Richtung. Hauptsache er fuhr einfach.

Nach einer Weile hielt er bei einem Parkplatz an und blieb stehen. Er stieg nicht aus, blieb einfach hinter dem Lenkrad sitzen und starrte durch die Windschutzscheibe in die Ferne. Er konnte es nicht fassen.

„Es ist nicht so wie es aussieht."

Da brauchte er keine Denkerkappe aufzusetzen, um zu verstehen was los war.

In ihm brodelte ein wilder Mix aus Wut, Trauer, Enttäuschung, Verzweiflung und vielen anderen Gefühlen, die er gar nicht alle identifizieren konnte.

Vor kurzer Zeit dachte er noch, dass sein Leben aufwärts ging. Er hatte einen guten und sicheren Job. Er und Lisa hatten große Pläne für die Zukunft gemacht. Es gab noch so viel was sie gemeinsam erleben und entdecken wollten. Dann verlor er aus heiterem Himmel seinen Job.

Und er dachte es könne nicht schlimmer kommen. Aber da hatte er sich geirrt. Gewaltig geirrt. Seine Welt war zerstört. Von einem auf den anderen Moment. Aber Hauptsache Alessio geht es gut.

Kapitel 2 – Die Muschi-Eskapade

Da wacht man eines Tages auf und merkt, dass einen das eigene Leben rechts überholt und einem dabei noch den Mittelfinger rausstreckt.

Florian wachte in einem kleinen, schäbigen Hotelzimmer auf. Eigentlich war es gar nicht so schäbig. Es kam ihm nur so vor, weil er vermutlich seine emotionale Befindlichkeit auf die Räumlichkeiten projizierte.

Er wusste nicht wo er hin sollte. Eigentlich würde er in so einer Situation seinen besten Freund aufsuchen, aber das war in diesem Fall aus gegeben Anlass nicht möglich. Seine Eltern waren schon vor längerer Zeit verstorben und somit blieb nur noch seine Schwester übrig, um vorerst unterzukommen.

Er hatte vergeblich versucht sie zu erreichen, denn sie war mit ihrem Mann noch im Urlaub. Die beiden kamen erst Ende der Woche wieder zurück. Dann könnte er für ein paar Wochen in deren Gästezimmer wohnen. Bis dahin blieb aber erstmal nur ein kleines, schäbiges Hotelzimmer.

Zu seiner jüngeren Schwester Fiona hatte er eigentlich kein besonders inniges Verhältnis. Schon in ihrer Kindheit war ihre

Beziehung hauptsächlich durch Streitigkeiten geprägt. Streitereien gehören zwar bei den meisten Geschwisterpaaren zur Tagesordnung, jedoch fehlte bei ihnen die liebevolle, zugeneigte Komponente einer Beziehung, wie bei anderen Geschwisterpaaren, die sich am Ende des Tages doch irgendwie liebhaben.

Vielleicht lag das am Erziehungsstil ihrer Eltern. So gab es beispielsweise keine gemeinsamen Rituale. Man traf sich nicht gemeinsam am Frühstückstisch oder zum Abendessen. Und Familienausflüge fanden so gut wie gar nicht statt. Alle paar Wochen gab es mal einen Besuch bei Opa und Oma. Das eine Mal auf der mütterlichen Seite und beim nächsten Mal bei den Großeltern der väterlichen Seite.

Auch ein gemeinsamer Urlaub kam in ihrer Familie so gut wie gar nicht vor. In der Regel wurden die Kinder in den Ferien abgeschoben zu den Großeltern oder in irgendwelche Feriencamps. Meistens auch getrennt voneinander. So konnten die Eltern sich dann mal von ihren anstrengenden Bälgern erholen.

Manchmal fragte Florian sich, wieso die beiden überhaupt Kinder bekommen hatten, wenn sie mit ihnen im Prinzip nichts anfangen konnten.

Vielleicht war das nur Teil einer gesellschaftlichen Erwartungshaltung, von der sie glaubten, diese erfüllen zu müssen.

Vermutlich war das der Grund, warum Florian nicht besonders mitgenommen war, als seine Eltern vor einigen Jahren verstarben bei einem tragischen Autounfall.

Er war zwar traurig, aber tief in seinem Inneren nicht richtig emotional betroffen.

Wenigstens hatte dieses schreckliche Ereignis aber dafür gesorgt, dass er seiner Schwester wieder etwas näherkam.

Auch ihren damaligen Freund Peter, den sie in der Zwischenzeit geheiratet hatte, konnte er ganz gut leiden. Er übte bei ihrer Hochzeit zwar nicht die Funktion eines Trauzeugen aus, aber er war zumindest dabei und feierte mit ihnen, was einige Jahre zuvor noch nicht vorstellbar gewesen wäre.

Jetzt war ihre Beziehung zumindest wieder soweit normalisiert, dass sie einigermaßen regelmäßig telefonierten und sich hin und wieder gegenseitig besuchten.

Am Freitag würde er dann zum ersten Mal einen längeren Zeitraum bei ihnen verbringen. Dafür war er sehr dankbar, denn auf Dauer könnte er sich das Hotelzimmer finanziell nicht leisten.

Der einzige Wehrmutstropfen dabei war diese Party, die seine Schwester und ihr Mann Freitagabend veranstalten wollten. Die war schon länger geplant und sie befanden Florians Zustand nicht als so schlimm, dass sie sie hätten absagen müssen.

Florian hätte sich das wohl etwas anders gewünscht, denn auf eine Party hatte er im Moment überhaupt gar keine Lust, aber da musste er jetzt durch. Er würde das schon überstehen und sich im Zweifel einfach früh in sein Gästezimmer verziehen. Vielleicht täte ihm etwas Ablenkung aber auch gut. Das behauptete zumindest seine Schwester.

Gegen 22:00 Uhr war die kleine Feier bereits im vollen Gange. Die Party erinnerte ihn an eine der diversen WG-Partys aus bereits vergangenen Tagen. Das lag wohl auch zum Teil daran, dass die Studienzeit seiner Schwester noch nicht allzu lange her war und viele der Gäste ehemalige Kommilitonen von ihr und ihrem Mann waren. Die beiden hatten sich ebenfalls während ihres Studiums kennengelernt und dann auch recht schnell geheiratet.

Naja, wenn man sich sicher ist, braucht man ja auch nicht ewig zu warten damit, dachte Florian. Nur das mit dem sicher sein, kann problematisch sein, wie ihm nur unlängst wieder deutlich vor Augen geführt wurde.

Die Wohnung war für die Party in verschiedene Areale unterteilt worden. In der Küche befanden sich die Hauptquellen für Getränke und Snacks. Diejenigen, welche sich Nachschub organisieren wollten, verstrickten sich hier des Öfteren in Gespräche. Manche schafften es sich nach einem kurzen Smalltalk wieder zu lösen. Die anderen jedoch versackten in tiefergehenden Unterhaltungen.

Das Wohnzimmer diente als Tanzfläche für die Tänzer unter den Gästen, was zwangsläufig dadurch bedingt war, dass sich hier die Stereoanlage befand. Aus den Boxen dröhnten hier meist Hits aus bereits vergangenen Jahrzehnten, was viele an eine unbeschwertere Zeit zu erinnern schien. Man kannte jeden Track und ein Liedwechsel wurde stets von einem grellen Kreischen begleitet, als wäre dies jetzt der Song, auf den man schon den ganzen Abend lang gewartet hatte. Eben nur bei jedem Lied.

Der Balkon diente als Treffpunkt für alle Raucher und diejenigen, die gezwungenermaßen mit den Rauchern mitgehen mussten, um das gerade begonnene Gespräch fortsetzen zu können. Manche wollten aber auch einfach nur etwas frische Luft schnappen oder der Musik entfliehen.

Das kleine Gäste-WC bat der feiernden Meute eine Toilette und ein Waschbecken.

Das große Badezimmer wurde zum Nachschublager für die Getränke umfunktioniert. Hierzu wurde eiskaltes Wasser in die Badewanne eingelassen und zusätzlich noch mit Eiswürfeln bestückt. In dem kalten Nass wurden dann unzählige Flaschen versenkt, um diese kühl zu halten. Das führte dazu, dass sich auch hier kleinere Grüppchen bildeten.

Neben den zahlreichen alkoholischen Getränken fanden sich auch unterschiedliche Snacks überall in der Wohnung verteilt. Die Auswahl reichte von Knabberzeug, wie Chips oder Salzstangen, über Frikadellen, mitgebrachte Salate, Brot mit Kräuterbutter bis hin zu etwas ausgefalleneren Dingen wie der selbstgemachten Guacamole, in die man die glutenfreien Nachos reintunken konnte. Die geheime Zutat war übrigens Ingwer.

In der gleichen Ecke fand man auch noch weitere Spezialitäten, welche die unterschiedlichsten Ansprüche an eine interessante Ernährung abbildeten, wie vegetarische, vegane, laktosefreie, oder glutenfreie Häppchen. Außerdem gab es noch eine Schüssel mit einem undefinierbaren Inhalt, wofür offenbar weder Pflanzen noch Tiere zu Schaden gekommen waren, sowie

Obst, das ausschließlich freiwillig vom Baum gefallen ist, um sich der menschlichen Nahrungsaufnahme zu opfern.

Natürlich gab es auch eine Platte mit Tomate-Mozzarella, denn das macht ja immer irgendwer. Florian hielt sich indes von dieser Ecke fern und blieb lieber bei den ihm bekannten Dingen.

Bevölkert wurden die Räumlichkeiten von den verschiedensten Charakteren. Da gab es beispielsweise die Tänzer, welche sich fast ausschließlich in der Nähe der Musik und der Tanzfläche aufhielten und bei jedem Lied alles gaben. Angeführt wurde diese Gruppe vom DJ. Zunächst wollten mehrere verschiedene Personen diese Funktion ausüben, aber letztendlich hatte sich der durchgesetzt, dessen Liedauswahl in der Gruppe der Tänzer die höchste Akzeptanz gefunden hatte.

In den anderen Wohnungsarealen konnte man die restlichen Partytypen finden, wie die Plaudertasche, welche sich mit so gut wie jeder beliebigen Person in ein langes, tiefgehendes Gespräch verstricken konnte, ohne dass das Gegenüber dazu viel beitragen musste.

Dann gab es die Beautyqueens, die im Wesentlichen darauf fokussiert waren, gut auszusehen und es gab die Flirter, die sich wiederum hauptsächlich auf die Beautyqueens konzentrierten. Sie bildeten somit eine Art Symbiose.

Eine weitere Hauptgruppe der anwesenden Partytypen, bildete die Gruppe der Trinker, deren Ziel es bei jeder Party war einfach nur schnell besoffen zu werden. Meist half dabei einer Auswahl erlesener Trinkspiele. Besonders beliebt war bei ihnen aktuell das selbsterdachte Trinkspiel ‚Thronsaufen', welches auf der angesagten Fantasy Serie ‚Game of Thrones' basierte. Dabei schaute man sich einfach irgendeine Folge an und musste immer, einen kurzen trinken, wenn der Klein- bzw. „Kurz"-wüchsige Tyrion Lennister im Bild zu sehen war.

Florian konnte mit dieser Gruppe nicht allzu viel anfangen. Er hatte zwar grundsätzlich nichts gegen ein gesundes Maß an Alkohol einzuwenden, aber er war nicht der Meinung, dass man den Vorgang des eigenen Kontrollverlustes auch noch absichtlich beschleunigen musste. Am Anfang konnte man sich mit ihnen noch halbwegs unterhalten, aber mit jeder weiteren Stunde wurde es schlimmer.

Als Florian in der Trinkergruppe stand, fragte er nach ihren Hobbies oder nach ihren sportlichen Aktivitäten, bekam aber nur eine Gruppenparole zurück.

„Unser Sport ist wandern. Von einer Bar zu andern."

Einer aus der Gruppe goss ihm dann einen Drink ein, der bis zum Rand gefüllt war. Florian schaute ihn etwas fragend an ob was das solle, da er kaum davon trinken konnte, ohne etwas zu verschütten.

„Weißt Du Flo. In meiner Familie sagen wir immer. Bei den Pessimisten ist das Glas halb leer. Bei den Optimisten ist das Glas halb voll. Aber bei uns ist das Glas immer randvoll", entgegnete dieser darauf und lachte ihn dabei inbrünstig an.

Florian lächelte nur freundlich zurück und versuchte sich dann den Abend über von den Trinkern fern zu halten.

Florian war froh darüber, dass Fiona ihn zu sich winkte, als er etwas verloren im Raum stand.

„Das hier ist übrigens Jana, meine ehemalige Studienkollegin und Leidensgenossin bei den einschläfernden Vorlesungen von Professor Lambertz", stellte sie ihm das hübsche Mädchen vor, das neben ihr stand und das bisher noch nicht ins Visier eines der Flirter geraten zu sein schien.

„Hi", brachte Florian etwas eingeschüchtert hervor.

„Jana hat sich übrigens auch erst vor kurzem von ihrem Freund getrennt.", versuchte Fiona den Stein ins Rollen zu bringen, woraufhin Florian echauffiert versuchte die Sache klarzustellen.

„Ich habe mich nicht von Lisa getrennt."

Florian merkte, dass der Einstieg nicht gerade optimal war.

„Es ist kompliziert", versuchte er die Situation zu retten, ohne direkt zu viel preiszugeben.

Ihm fielen sofort Janas tiefbraune Augen auf, die perfekt zu ihren dunkelbraunen, langen Haaren passten. Sie hatte ebenfalls eine schlanke und sportliche Figur. Das war besonders auffällig, solange sie neben Fiona stand, denn die hatte ein paar Pfunde mehr auf den Rippen, die sie mit sich rumtrug. Aber sie war bei weiten nicht dick. Nur halt etwas weiblicher als andere Frauen.

„Naja, ich lasse euch dann mal allein. Ich muss da vorne noch ein paar alte Freunde begrüßen", verabschiedete Fiona die beiden und verließ den Raum.

Nach ein wenig Smalltalk bemerkte Jana, wie einige Leute ein wenig angewidert mit der Hand versuchten die Luft vor Mund

und Nase weg zu wedeln, da wo Florian vorhin noch gestanden hatte. Dieser fühlte sich ertappt und spielte mit offenen Karten.

„Ich hoffe es stört dich nicht, wenn ich etwas direkt bin. Ich habe dahinten ziemlich einen stehen gelassen. Ich fürchte dieser Zwiebeldipp war schuld."

Entgegen Florians Erwartung lächelte Jana amüsiert und sagte

„Das ist kein Problem. Darmwinde sind eine völlig natürliche Sache. Es kann sogar schädlich sein, zu versuchen den Drang zu unterdrücken."

Sehr sympathisch, dachte sich Florian.

„In dem Zusammenhang fällt mir eine lustige Geschichte ein, die mir mal passiert ist", fuhr Jana fort. „Ich lag mit meinem damaligen Freund im Bett. Ich in Löffelchenstellung von hinten an ihn ran gekuschelt. Wir haben vorher abgemacht, dass er mich warnt, falls er mal furzen muss. Wie wir so dalagen, bin ich natürlich gleich eingedöst und er flüstert mir leise zu, dass es er einen fahren lassen muss, was ich aber nicht gehört habe. Als es bei ihm immer dringender wird und er es kaum noch zurückhalten kann, ruft er also sehr energisch ,Alarm' zu mir über, woraufhin ich erschrocken versuchte schnell zu reagieren und mich aus der

Gefahrensituation zu flüchten. Ich springe also fast mit einer Hechtrolle von ihm weg in Richtung meiner Seite des Bettes. Allerdings hatte ich dabei etwas zu viel Schwung genommen und komme nicht zum Stoppen auf meiner Seite, sondern falle voll über die Bettkannte hinaus auf den Boden und haue mir dabei noch den Kopf am Nachttisch an. Ganz schön peinlich was", beendete sie ihre kleine Anekdote mit einem leicht schamerfüllten Lächeln im Gesicht.

Beim Lächeln bildeten sich kleine Grübchen in ihrem Gesicht, was Florian sehr süß fand. Außerdem gefiel ihm diese lockere und offene Art. Dadurch kam es gar nicht erst zu krampfigen Situationen, wie er es sonst oft bei Unterhaltungen mit Frauen erlebte.

„Ach, mit prekären Geschichten kann ich mithalten", hielt Florian den Ball im Spiel. „Einmal lag ich mit meiner Freundin im Bett in einer ähnlichen Stellung. Jedoch hatte ich meine Hand an ihrem Po. Sie wollte mich ebenfalls vorwarnen und sagte ‚Pupen', was ich jedoch irgendwie falsch verstanden habe. Ich dachte sie sagte ‚Hupen' und fühlte mich aufgefordert mit der Hand am Po zuzudrücken, ebenso wie bei einer Hupe. Und zur Krönung des ganzen entfleuchte ihr dann eine laute Flatulenz genau in dem Moment wo ich zudrücke. Da hat sie mich ganz schön

blöd angesehen. Naja, vielleicht auch mittlerweile Exfreundin",
wechselte Florian in eine etwas gedrücktere Stimmung. „Ich weiß
es nicht genau."

Florian versuchte die Stimmung wieder in eine andere Richtung zu führen.

„Aber das soll heute alles egal sein. Weißt Du, ich kam mir
irgendwie immer vor wie ein Hamster in einem Käfig. Ich laufe,
laufe und laufe wie ein blöder, aber ich komme einfach nicht von
der Stelle. Dann habe ich meinen Job verloren und meine Freundin mit meinem besten Freund im Bett erwischt. Das war wie ein
Knall. Wie ein Weckruf. Als hätte mir das Leben voll in die Fresse
gehauen, um mir auf diese Weise zu sagen, dass ich das blöde
Hamsterrad endlich hinter mir lassen soll. Wird Zeit, dass sich in
meinem Leben etwas ändert. Ich will nicht mehr so berechenbar
sein, nur das tun was man von mir erwartet. Ich möchte etwas
erleben. Mal etwas verrücktes tun."

Jana lauschte seiner emotionalen Ansprache, welche wohl
auch durch den Einfluss von alkoholischen Genussmitteln geprägt war.

„Hm. Also ein weiser Mann hat einmal gesagt das Glück ist
wie pupsen. Wenn man es erzwingen will, kommt nur Scheiße

dabei raus. Vielleicht habe ich das auch nur irgendwo gelesen und es fiel mir grade wieder ein passend zum Thema von vorhin. Aber wenn Du wirklich mal was Verrücktes machen willst, dann habe ich eine Idee. Komm mit mir, dann wirst du meine kleine Muschi kennen lernen."

Florian verschluckte sich fast vor Schreck als er ihre Worte hörte.

„Sorry, das war wohl etwas missverständlich. Ich meine mein Kätzchen. Die Kleine ist noch bei meinem Exfreund und er will sie nicht rausrücken. Wir beide holen sie da raus. Also eine Art Rettungsmission".

Florian wusste nicht genau warum, aber aus irgendeinem Grund fühlte er sich zu ihr gezogen und folgte ihr.

Die beiden waren in der Zwischenzeit unbemerkt von der Party geschlichen und befanden sich nun vor dem Haus von Janas Exfreund. Es war ein zweistöckiger, freistehender Bungalow im modernen Stil. Soweit Florian das in der Dunkelheit beurteilen konnte, hauptsächlich in weiß- und anthrazitfarben gehalten.

Es sah zumindest nicht günstig aus, dachte Florian. Dazu passte auch der Porsche, der in der Einfahrt stand. Kannte er den nicht irgendwoher? Hinter dem Haus befand sich die überdachte

Terrasse, ausgestattet mit diversen Designer Gartenmöbeln, einer Lounge-Ecke sowie einem Landmann-Gasgrill. Daran grenzte ein mittelgroßer Garten an, der top gepflegt aussah.

Das Ganze wurde aus einer Kombination von Bäumen, Büschen, Sträuchern und Gabionen umrandet, so dass von außen kein Blick ins Innere möglich war. Nur ein neugieriger Nachbar mit einer Kameradrohne hätte hier eine Chance gehabt etwas zu erspähen.

Jana erahnte wohl bereits die Frage, die Florian gerade durch den Kopf ging, wie sie denn reinkommen sollten und beantwortete sie, bevor er sie stellen konnte.

„Der Schlüssel für die Haustür liegt normalerweise immer unter einem der Steine hier versteckt für einen Notfall."

Doch Florian beschäftigte noch eine zweite Frage.

„Bist Du Dir sicher, dass er nicht da ist?".

Auch auf diese Frage hatte Jana die passende Antwort.

„Ja. Laut seinem Facebook-Profil nimmt er heute Abend an einer Veranstaltung teil."

Florian schien die Antwort noch nicht ganz zufriedenzustellen.

„Aber was, wenn er daran doch nicht teilnimmt. Vielleicht hat er es sich ja spontan anders überlegt und ist doch zu Hause geblieben."

„Das wäre zwar theoretisch möglich", entgegnete Jana, „Aber er hat bereits Fotos von sich auf der Party bei Instagram hochgeladen. Das letzte vor zwei Minuten erst. Er ist also definitiv nicht zu Hause. Blöderweise der Schlüssel aber auch nicht."

Jana hatte währenddessen unter alle Steine geguckt, konnte aber nichts finden.

„Dann müssen wir eben hintenrum rein, durch den Zugang über die Terrasse", schüttelte Jana schnell einen Plan B aus dem Arm.

Florian fühlte sich mittlerweile etwas unwohler bei der Sache, was zum Teil auch daran lag, dass die Wirkung des Alkohols abzuschwächen schien. Aber er folgte ihr dennoch zu der großen gläsernen Schiebetür.

„Früher hat er des Öfteren vergessen, die Schiebetür wieder richtig zu zumachen, wenn er draußen rauchen war. Vielleicht haben wir Glück."

Und tatsächlich hatten sie Glück. Die Schiebetür ließ sich einfach öffnen und sie konnten das Haus betreten.

Während Florian etwas unbeholfen durch die dunklen Räume torkelte auf der Suche nach einer kleinen Mieze, ging Jana zielstrebig in Richtung Schlafzimmer. Dann hat sie dort wohl ihr Lager, dachte sich Florian und folgte ihr.

Allerdings war hier nichts zu erkennen was in irgendeiner Weise auf die Anwesenheit einer Katze hindeutete. Stattdessen durchwühlte Jana eine Schublade, welche sich bei näherer Betrachtung als ein Aufbewahrungsort für Schmuck entpuppte.

„Da ist sie ja", sagte Jana und holte in dem Moment eine goldene Kette mit einem Anhänger in Form einer – Ja klar – Katze hervor.

„Das ist mein Kettchen. Das ist sehr wertvoll. Er hatte es mir mal zu meinem Geburtstag geschenkt, aber als wir uns getrennt haben, wollte er nichts mehr davon wissen und hat es einfach behalten."

Florian guckte sie etwas ungläubig an.

„Ich dachte die ganze wir holen Dein Kätzchen. Und jetzt sind wir auf einmal zu Schmuckdieben mutiert."

„Oh, da hast Du mich wohl falsch verstanden. Ich sagte die ganze Zeit Kettchen und nicht Kätzchen. Obwohl das ja auch irgendwie stimmt, wie Du sehen kannst.", rechtfertigte sich Jana und deutete dabei auf den Anhänger.

Im Hintergrund konnten sie in der Ferne ganz leise das Aufheulen von Sirenen hören, welche näher zu kommen schienen.

„Oh, oh", sagte Jana. „Ich glaube ich habe den stillen Alarm vergessen. Er hat ja diese neue Alarmanlage installiert, mit Bewegungsmeldern und dem ganzen Schnick Schnack."

Florians Herz rutschte auf einmal ganz tief in seine Hose. Er fühlte sich auf einen Schlag stocknüchtern. So hatte er sich das nicht vorgestellt. Er wollte doch nur einen Neuanfang, mal etwas erleben. Aber wollte ganz bestimmt nicht im Gefängnis landen, weil er blind einer Frau folgte, die er gar nicht kannte und die zudem etwas verrückt zu sein schien.

„Wir müssen verschwinden", unterbrach Jana seinen Gedankenkarussell und zog im am Ärmel seines Hemdes in Richtung Ausgang.

Als sie draußen waren, hörten sich die Sirenen schon ganz nah an. Und auf einmal bog ein Notarztwagen und diesem folgend ein Rettungswagen um die Ecke an ihnen vorbei und weiter die Straße runter.

Die beiden blickten noch eine Weile hinterher, bis die Blaulichtkolonne nicht mehr zu sehen war und der Klang der Sirenen langsam abgeklungen war.

„Die waren wohl doch nicht wegen uns da", brachte Jana grinsend hervor, so als wäre gar nichts gewesen. „Das war vielleicht aufregend. Naja, ich muss dann mal los. Du kannst Dich ja mal melden, wenn Du Lust hast. Hier ist meine Nummer."

Sie reichte ihm einen kleinen Zettel, auf welchen sie ihren Namen und ihre Telefonnummer mit einem kleinen Herzchen verziert aufgeschrieben hatte. Anschließend ging sie die Straße runter, ohne zurück zu blicken. Mal wieder war Florian von der Situation völlig überrumpelt worden.

Er schaute ihr noch einen Moment lang nach. Als seine Schockstarre aufgehört hatte zu wirken, ging er in die entgegengesetzte Richtung. Nach Hause. Genauer gesagt zu seinem vorübergehenden zu Hause.

Auf dem Weg musste er die ganze Zeit über an Jana denken. Sein Herz klopfte auf Hochtouren und so laut, dass er dachte ein Schlagzeuger hätte es sich in seinem Inneren bequem gemacht und spielte dort den Takt des Lebens. Seine Hände zitterten noch leicht. Sein Körper war noch voller Adrenalin. Was für ein Abend. Was für eine Frau.

Kapitel 3 – Die Kunst des Einkaufens

Am nächsten Morgen am Frühstückstisch musste Florian ein Fragenbombardement über sich ergehen lassen. Wie es denn noch war mit Jana, wollten sie wissen. Warum sie einfach verschwunden sind und was sie dann noch gemacht hätten. Florian blieb nichts anderes übrig als im Schützengraben in Deckung zu gehen und nicht von einer herumfliegenden Frage bedrohlich erwischt zu werden.

Irgendwie gelang es ihm auch den Eiertanz zu überstehen ohne zu viel preis zu geben. Um sich nicht weiterhin in der Gefahrenzone aufzuhalten, entschloss er sich, sich rar zu machen und bot sich freiwillig an den Einkauf im hiesigen Supermarkt zu übernehmen. Das war ihm sowieso lieber, denn andernfalls hätte er beim Aufräumen helfen müssen und die Wohnung sah nach dem gestrigen Abend immer noch aus wie ein Schlachtfeld.

Als Florian am Supermarkt angekommen war, versuchte er auf der Weite des riesigen Parkplatzgeländes eine freie Lücke zu entdecken. Es war das gleiche Trauerspiel wie immer. Aus irgendeinem Grund gingen wohl immer alle Leute gleichzeitig einkaufen, dachte er sich während er weiter Ausschau hielt. Und so begann der übliche Kampf um die freien Plätze. Florian hatte keine Lust jetzt ewig im Kreis zu fahren bis er was fand, also nahm er lieber ein paar Minuten in Kauf und wartete in der Nähe eines Autos, in welchem ein älteres Ehepaar gerade ihre Einkäufe verstaute.

Er beobachtete die beiden und fragte sich wie langsam man sich eigentlich bewegen könne, ohne dabei komplett still zu stehen, denn die beiden schienen einen Wettbewerb in dieser Art gegeneinander zu führen. Als die beiden nach einer gefühlten Ewigkeit endlich den Kofferraum geschlossen hatten, den Einkaufswagen wieder weggebracht hatten und sich im Rahmen einer anschließenden Diskussion geeinigt hatten, dass sie nichts vergessen haben, stiegen sie ein, starteten den Motor und legten den Rückwärtsgang ein.

Florian blinkte schon eine Weile, um anzuzeigen, dass er auf den freiwerdenden Platz fahren wollte. Nach ein paar Mal vor und zurückfahren und gelegentlichen falschen Einschlagen des Lenkrads, hatten sie es dann doch noch raus geschafft und Florian konnte mit seinem Einparkmanöver beginnen. Am liebsten wäre er aber jetzt schon wieder nach Hause gefahren, denn drinnen war es bestimmt nicht besser als es hier draußen schon begonnen hatte.

Während er so durch den Supermarkt schlenderte und versuchte den Einkaufszettel abzuarbeiten, den Fiona ihm mitgegeben hatte, wurde ihm klar, dass er überhaupt keine Orientierung hatte. Die kleinen verschachtelten Gänge folgten seiner Meinung nach keiner Ordnung oder irgend einem System. Für jedes Produkt auf seiner Liste musste er minutenlang suchen. Bei den Pinienkernen schließlich musste er dann aufgeben. Die blöden Dinger waren einfach nicht zu finden.

So entschloss er sich in letzter Not sich an einen Mitarbeiter zu wenden. Das Problem war jedoch, dass der einzige verfügbare Angestellte gerade von einem Vegeterrier belagert wurde. Vegeterrier, das war ein von ihm kreiertes Kunstwort zur Beschreibung ganz besonders aggressive Vertreter seiner Spezies mit ausgeprägter Bekehrungsfunktion. Frei nach dem Motto: Woran erkennt man einen Vegetarier? Er erzählt es dir. Während er die Szene beobachtete, wie der Vegeterrier auf den armen Mann einredete, dabei wild gestikulierend auf die Fleisch- und Wurstabteilung zeigte und sich der Supermarktmitarbeiter versuchte aus der Situation zu befreien ohne dabei seine Beherrschung zu verlieren, überlegte sich Florian, ob es wohl gegen die ethischen Grundsätze eines Vegetariers verstieß einem anderen Menschen eine Frikadelle ans Ohr zu quatschen.

Florian hatte Glück. Nach kurzer Zeit kam noch ein weiterer Angestellter dazu und half seinem Kollegen die Situation aufzulösen. Mit der Hilfe des Mannes konnte Florian anschließend auch endlich diese unauffindbaren Pinienkerne lokalisieren.

„Hey Flo.", schallte es auf einmal von hinten.

Florian, der gerade die Pinienkerne im Einkaufswagen versenkt hatte, drehte sich um.

„Wieder fit?", fragte ihn der junge Mann, der Florian nun gegenüberstand.

Florian musterte den Mann und dessen Gesicht kam ihm auch bekannt vor. Er war einer der Gäste auf der Party gestern Abend, mit dem er sich auch unterhalten hatte. Aber wie war nochmal der Name? Das passierte ihm ständig. Er konnte sich einfach keine Namen merken. Er erinnerte sich noch genau an die Situation, wo sie sich alle gegenseitig vorgestellt hatten, aber in dem Moment wo der Name kommen sollte, war nur noch eine schwarze Leere. Als hätte sein Gehirn diese Information für ihn zensiert mit einem großen schwarzen Balken. Vielen Dank Gehirn.

Florian versuchte sich krampfhaft an seine Begegnung mit dem namenlosen zu erinnern und tatsächlich. Er konnte sich an ein paar Gesprächsfetzen erinnern. Der Typ hatte ihm erzählt was er beruflich macht. Er arbeitete nämlich in einer großen Firma in der Buchhaltung, genauso wie seine Freundin. Die beiden hatten sich dort auch kennengelernt. Er war in der Debitorenbuchhaltung zuständig und sie in der Kreditorenbuchhaltung.

Florian hatte sich das gemerkt, weil er eine witzige Bemerkung dazu gemacht hatte. Zumindest fand er sie witzig. Er hatte gesagt, dass das bei den beiden beruflich ja dann genauso ist, wie in deren Beziehung. Der Mann sei für den Zahlungseingang zuständig und seine Freundin für den Zahlungsausgang.

Der Typ fand es auch witzig, nachdem er sichergestellt hatte, dass seine Freundin nicht in Hörweite war. Nur die in der Nähe stehenden Damen guckten ihn mit einem angestrengt ernsten Gesichtsausdruck an, als versuchten sie alle gleichzeigt die Macht einzusetzen, um ihn zu vernichten.

Da war er wieder, Florians Humor, mit dem nicht immer alle umgehen konnten.

„Naja, ich habe leider nicht viel Zeit. Ich musste nur kurz ein paar Kleinigkeiten besorgen. Es war jedenfalls ein sehr lustiger

Abend. Also dann grüß Deine Schwester schön von mir.", unterbrach der Namenlose Florians Gedankengänge und verabschiedete sich sehr schnell wieder.

Gott sei Dank, dachte Florian. Die Klippen sind umschifft.

Danach war Florian aus irgendeinem Grund in die Süßigkeiten-Abteilung geraten, obwohl er da gar nicht hin wollte.

„Weiße Vollnuss?", hörte er eine Stimme hinter sich sagen.

„Woher kennen Sie meinen Spitznamen?", fragte Florian schlagfertig zurück.

Bevor die Stimme antworten konnte fügte er hinzu:

„So hat man mich damals bei meinem Austauschjahr in den USA genannt, als ich mal ein paar Spiele in dem afroamerikanischen Basketballteam mitgemacht habe."

Nach einem Moment der Perplexität, war die Stimme wieder in der Lage zu antworten.

„Ich wollte Ihnen nur ein Stück zum Probieren anbieten."

Die Stimme gehörte zu einem jungen Mann, der sich im Supermarkt scheinbar ein paar Euro dazuverdienen wollte und da-

her den vorbeigehenden Kunden Schokolade zum Probieren an-
bot. Mit Florians Reaktion hatte er aber nicht gerechnet und zog
dann einfach ab, ohne noch ein weiteres Wort zu verlieren.

Als nächstes wagte sich Florian zur Fleischabteilung. An der
Theke beobachtete er wie die junge, hübsche Fleischwarenfach-
verkäuferin einen blöden Anmachspruch nach dem anderen über
sich ergehen lassen musste. Grund dafür war unter anderem das
Schild davor, auf dem geschrieben stand „Endlich wieder Frisch-
fleisch".

Dieses sollte in erster Linie auf die Frische und die Qualität
der Fleischprodukte aufmerksam machte, schien aber diverse
junge und auch ältere Männer in einen Flirtmodus mit äußerst
schlechten Anmachsprüchen zu versetzen. Zumindest so lange,
bis die jeweils zugehörige Frau dazukam, um sicher zu stellen,
dass auch das richtige im Einkaufswagen landete. Möglicherweise war die Zweideutigkeit der Werbetafel auch absichtlich
herbeigeführt vom Betreiber des Supermarktes. Ganz im Gegensatz zu dem Schild in einer Sonderverkaufszone. Hier stand geschrieben „Scheidenfrostschutz" an statt „Scheibenfrostschutz".
Das war mit Sicherheit nur ein Schreibfehler war sich Florian
ziemlich sicher, lockte aber dennoch den ein oder anderen
Schmunzler hervor.

Während er an der Fleischtheke anstand, nahm er einen älteren Mann war, der den Betrieb an der angrenzenden Wursttheke lahmlegte. Er schien seinen Einkauf erst in diesem Augenblick ganz spontan zu planen und hetzte den Verkäufer von rechts nach links und ließ sich von jeder verfügbaren Sorte immer genau zwei Stück rauslegen. Dabei wuchs die Schlange hinter ihm immer weiter an mit genervten Menschen. Doch das schien den Mann nicht weiter zu stören. Der hatte schließlich jede Menge Zeit.

„Was darfs denn sein?"

Mit diesen Worten wurde Florian aus seinen Beobachtungen gerissen. Er verzichtete auf den üblichen blöden Anmachspruch und kam gleich zur Sache, was die junge Frau sichtbar erleichtert zu einem netten Lächeln verleitete. Als er beinahe alles beisammen hatte, prüfte er nochmal seinen Einkaufszettel und fragte die junge Frau nach dem letzten Punkt aus dieser Abteilung. Er brauchte noch ein paar Mettenden. Doch die Verkäuferin verwies ihn an die Wursttheke. Obwohl sie nur hätte kurz nach rechts greifen müssen, denn es handelte sich im Prinzip eigentlich nur um eine Theke, herrschte hier ein strenges Regiment einer virtuellen Trennung zwischen Fleisch und Wurstwaren, in das jedes Produkt eindeutig zugeordnet war.

Florian blickte kurz nach rechts, wo der ältere Herr seinen Einkauf immer noch nicht abgeschlossen hatte und die Schlange hinter ihm schon bis zur Käsetheke reichte. Naja, dann fehlt halt eine Sache, dachte er sich und verließ die Fleischabteilung.

Auf der Suche nach den fehlenden Spiegelpunkten auf seiner Einkaufsliste schlenderte Florian gedankenversunken durch die Gänge und nahm das wilde Treiben um ihn herum gar nicht richtig zur Kenntnis. Nicht die weinenden Kinder, die sich schreiend auf dem Boden wälzten, weil sie nicht bekamen was sie wollten und auf diese Weise versuchten ihre verzweifelten Eltern doch noch umzustimmen. Nicht die Rentner, die scheinbar alles blockierten und mit an Arroganz grenzender Unverschämtheit glaubten sich jedes Recht herausnehmen zu können. Und auch nicht die beiden Frauen, die sich um das letzte Paar Hausschlappen, welches diese Woche im Sonderangebot war, mit einer Vehemenz stritten, welche fast schon an die Schwelle zur körperlichen Auseinandersetzung grenzte. Als seien sie zwei Verdurstende in der Wüste und es ginge um die letzte Flasche Wasser.

Er nahm auch nicht den muskelbepackten Typ in der Gemüseabteilung wahr, der von seiner Frau vermutlich zum ersten Mal alleine einkaufen geschickt wurde und für den der Begriff Lauch ansonsten nichts mit einem Gemüse zu tun hatte.

Stattdessen musste er immer wieder an die letzte Nacht denken. Und an Jana, die nach außen hin so süß und unschuldig wirkte, aber es faustdick hinter den Ohren hatte. Irgendwas hatte sie mit ihm gemacht. Jedenfalls ging sie ihm nicht mehr aus dem Kopf. Und so ein Kribbeln im Bauch hatte er auch. Letzteres konnte jedoch auch am übermäßigen Konsum ethanolhaltiger Getränke liegen. Das konnte er nicht mit Sicherheit sagen. Was er jedoch mit Sicherheit sagen konnte war, dass er sie anrufen würde. Ihre Nummer hatte er ja. Und er wollte sie auf jeden Fall wiedersehen.

Nachdem er den letzten Punkt auf seiner Liste abgehakt hatte, machte er sich mit dem Einkaufswagen auf den Weg zur Kasse. Es waren zwei Kassen geöffnet, welche sich mit der Länge ihrer jeweiligen Warteschlange beide gegenseitig zu übertreffen versuchten. Florian wartete einen Moment ob die junge Frau mit der Kassierer-Uniform des Supermarktes eine dritte Kasse aufmachte, was durchaus Sinn gemacht hätte bei der Masse an zahlungswilligen Menschen. Enttäuschenderweise ging sie jedoch an der Kasse vorbei nach draußen, um eine Zigarette zu rauchen. Also blieb ihm nichts anderes übrig als zwischen der langen und der noch längeren Schlange zu wählen.

Die linke Schlange schien gerade etwas zu stocken und an der anderen war ein flüssiger Durchlauf zu erkennen mit einer erfahrenen Kassiererin, die in routinierter Art und Weise einen Kunden nach dem anderen abfertigte. Also entschied sich Florian für die rechte Seite.

Doch nach zwei weiteren Kunden kam es zu einem unerwarteten Personalwechsel an der Kasse. Nun war wohl die neue Auszubildende an der Reihe ihre ersten Erfahrungen in diesem Bereich des Supermarktes zu machen. Und prompt geriet sie an eine ältere Frau, die fest entschlossen war den gesamten Einkauf mit Münzen zu bezahlen und begann mit der Schatzsuche in den Tiefen ihrer Geldbörse.

Im gleichen Moment löste sich der Stau in der linken Schlange auf und Florian biss sich auf die Lippen. Hätte er sich dort angestellt, wäre er jetzt schon fast dran gewesen. Florian dachte in diesem Moment an ein berühmtes Zitat eines Fußballers, dessen Name ihm aber nicht mehr einfiel. Hast du Scheiße am Fuß, hast du Scheiße am Fuß. Naja, egal.

An seiner Schlange hatte die ältere Dame nun endlich alle Münzen beisammen, um die Transaktion abzuschließen.

Der nächste in der Schlange, ein jüngerer Vater mit seiner Tochter, sorgte danach für eine größere Aufregung, als er einen

Zauberstab hervorholte, um seine Einkäufe zu bezahlen. Das führte dazu, dass die anderen Wartenden ihn ungläubig ansahen, als hätte er nicht mehr alle Latten am Zaun oder nicht mehr alle Teller im Schrank. Ein Raunen ging durch den Kassenbereich und wilde Diskussionen wurden entfacht. Für Florian war das allerdings keine wilde Sache. Der Mann war vermutlich ein Bastler, der mit Hilfe eines NFC-Chips, welcher auch in den neuen Generationen von Smartphones integriert war, das kontaktlose Bezahlen etwas aufgemotzt hatte, um seiner Tochter eine Freude zu machen. Im Prinzip funktionierte das ganze wie das kontaktlose Bezahlen mit dem Mobiltelefon via ApplePay oder ähnlichen Diensten, sah eben nur ziemlich cool aus und führte zu Kopfschütteln bei all den Leuten, denen sich diese Nummer einfach nicht erschließen wollte.

Als er dann endlich seine Waren auf das Laufband legen konnte, bemerkte er die junge Frau direkt vor ihm. Sie drehte sich mehrere Male zu ihm um und schaute ihn verlegen an. Sie war sehr hübsch, wie Florian befand. Mit ihren langen blonden Haaren erinnerte sie ihn ein wenig an Lisa. Bei den kleinen Grübchen, die sich bildeten, als sie ihn anlächelte musste er hingegen an Jana denken.

Obwohl er kein Interesse hatte an ihren Avancen, fühlte er sich dennoch geschmeichelt, freute sich über die Aufmerksamkeit und lächelte freundlich zurück. Je näher sie der Kasse kamen, desto öfter drehte sie sich nun zu ihm um und Florian kam sich mit seinem Dauergrinsen im Gesicht schon beinahe albern vor. Da bemerkte er, dass er keinen Warentrenner zwischen seine und die Sachen seiner Vorderfrau gelegt hatte und in ihrem Gesicht konnte er nun an Stelle eines verlegenden Flirtausdrucks eine anwachsende Nervosität erkennen. Als er endlich die ungeschriebenen Regeln des Einkaufens berücksichtigte und so ein Plastikteil an der richtigen Stelle auf dem Band platzierte, war der Dame eine gewisse Erleichterung durchaus anzuerkennen. Florian fragte sich warum sie nicht selbst das Ding genommen und somit die Grenze markiert hat, aber das war wohl so ein psychologisches Ding, was er nicht verstand.

Dann hatte er es endlich geschafft. Er bezahlte seine Einkäufe, verließ den Laden und machte sich vom Acker. Was man nicht alles erlebt beim Einkaufen, dachte er sich auf dem Nachhauseweg.

Kapitel 4 – Bewerbungsstress

Das restliche Wochenende verbrachte Florian mit seiner Schwester und deren Mann hauptsächlich auf der Couch vor dem Fernseher.

Sie netflixten, wie man heut zu Tag so schön sagte. Der Ausdruck geht auf einen Anbieter für das Streaming von Filmen und Serien über das Internet zurück und wird im neumodischen Sprachgebrauch durchaus als Verb verwendet. Im Wesentlichen bedeutet das, dass die in dem grammatikalischen Kontext befindlichen Subjekte für einen unbestimmten Zeitraum ihr Aufenthaltsrecht auf dem Sofa warnahmen und eine Folge nach der anderen einer gerade aktuellen Serie ansahen und versuchten mindestens genausoweit zu kommen wie alle anderen, um nicht Gefahr zu laufen von jenen gespoilert zu werden. Noch so ein neumodischer Ausdruck für das Verraten von Details, Pointen oder überraschenden Handlungswendungen einer Serie oder eines Films, um einer anderen Person die Überraschung zu nehmen. Meistens natürlich unabsichtlich wie die Täter in solchen Fällen zu meist beteuerten. Kurz um gesagt, sie hingen rum.

Während sie gerade eine Folge ihrer aktuellen Lieblingsserie schauten, bemerkte Florian wie seine Schwester immer wieder auf ihr Handy guckte und gar nicht sah was auf dem Bildschirm passierte. Sie behauptete, sie könne beides. Na klar. Am Handy spielen und gleichzeitig der Handlung folgen. Das bezweifelte Florian aber stark.

Das erinnerte ihn an Lisa. Sie hat auch immer auf ihr Handy gestarrt, wenn sie sich was im Fernsehen angesehen haben. Das machte Florian immer wahnsinnig. Vor allem wenn er die Folge schon kannte und wusste das gleich eine gute Szene kommt, bei der man aber hinsehen musste. Dann tippte er sie immer an, damit sie Blick weg vom Handy nach oben auf den Bildschirm richtete. Allerdings hielt diese Position immer nur für wenige Sekunden an, dann wanderte der Blick automatisch wieder nach unten. Hier war also das Timing ein entscheidender Faktor gewesen. Er musste sie im richtigen Augenblick anstupsen, damit ihr Blick nach oben ging und sich der Zeitraum, in dem sie den Bildschirm im Blick hatte, mit dem Startpunkt der lustigen oder spannenden Szene überschnitt. Meistens schaffte er das aber nicht. Wenn sie dann später behauptete, dass ihr der Film nicht gefallen habe ihm jedoch sehr gut, dann dachte er, dass es nur daran liegen konnte, dass sie die wichtigen Szenen gar nicht mitbekommen hatte.

Als seine Schwester auf einmal eine Frage zur Handlung stellte und ihr Mann nur den Kopf schütteln konnte, musste Florian sein Lachen unterdrücken. Das kam ihm ja so bekannt vor.

Viel mehr als rum zu hängen vermochte Florian an diesem Wochenende auch nicht mehr zu tun. Nur eine einzige Sache wollte er noch erledigen. Er wählte die Nummer, die Jana ihm in jener Nacht gegeben hatte und nachdem er eine etwas nervöse, um den heißen Brei herumstotternde Anfangsphase des Gesprächs überwunden hatte, verabredete er tatsächlich ein Treffen mit ihr. Und das schon am nächsten Wochenende. Einziges Problem. Da lag noch eine ganze Woche dazwischen. Zu viel Wartezeit, wie Florian befand. Aber das würde er schon aushalten, beschloss er und ging ins Bett. Obwohl er gar nicht so viel gemacht hatte, war er tot müde.

Für die kommende Woche hatte sich Florian vorgenommen möglichst schnell wieder eine neue Arbeitsstelle zu finden. Das was passiert war, hatte ihn hart getroffen, aber er wollte jetzt auf keinen Fall in Selbstmitleid zerfließen. Er wollte einen Richtungswechsel in seinem Leben. Vielleicht war das für ihn genau der Anstoß, den er gebraucht hatte, um sich aus seinem festgefahrenen Leben zu befreien und neu zu starten. Wie bei einem Videospiel. Einfach nochmal bei Level 1 beginnen. Also vielleicht nicht ganz bei Level 1, denn die Schulbank wollte er beispielsweise ganz bestimmt nicht noch einmal drücken. Also sagen wir beim letzten guten Speicherpunkt, um in der Videospielsprache zu bleiben.

Und irgendwie fühlte er sich auch voller Energie, als könne er alles erreichen, was er wollte. Vielleicht war das aber auch nur ein Teil seiner Verarbeitungsstrategie. Wie dem auch sei, hatte er schnell ein erstes Bewerbungsgespräch in der Tasche. Zugegebenermaßen haben da ein paar freundschaftliche Beziehung weitergeholfen, aber wen kümmert das am Ende denn noch. Beim Fußball fragt am Ende auch keiner, ob das eins zu null glücklich, dreckig oder souverän war. Hauptsache drei Punkte.

Leider war das erste Gespräch gleich ein glatter Reinfall. Also eigentlich lief das Gespräch an sich ganz gut. Nur das was unmittelbar danach passierte, war an Peinlichkeit nur schwer zu übertreffen.

Zunächst hatte Florian nicht bemerkt, dass er an einer ungünstigen Stelle geparkt hatte. Er hatte einen freien Platz gefunden, wo nur rechts neben ihm ein anderes Auto stehen konnte. Links von ihm konnte niemand parken, da hier ein Wiesenstück begann. Das war für Florian ein wichtiger Aspekt, denn er hasste es nämlich von beiden Seiten so eng zugeparkt zu werden, dass er sich nur unter großer Anstrengung in sein Auto quetschen konnte, durch eine 20 cm großen Spalt, weil die Autotür nicht weiter zu öffnen war. Diesbezüglich hatte er jetzt also nichts zu befürchten. Jedoch war die Wiese durch den vorherigen Regenschauer etwas matschig geworden und Florian tappte beim Aussteigen mit seinen Füßen genau in eine besonders matschige Stelle hinein. Dabei bemerkte er nicht, dass ein Teil dieser Schlacke an seinem Fuß hängen geblieben war und er folglich eine entsprechend sichtbare Fußspur hinterließ beim Betreten des Gebäudes bis hin zu dem kleinem Besprechungsraum, in welchem der Mann aus der Personalabteilung, flankiert von zwei weiteren Mitarbeitern, bereits auf ihn warteten.

Während des Gesprächs verspürte Florian ein leichtes Grummeln in seinem Bauch, welches er auf das Chili Con Carne vom Vorabend zurückführte. Er registrierte wie sich in ihm die Verdauung ankündigte und sich gewaltige Blähungen anstauten, die nur darauf warteten auszuströmen und ihren wohlriechenden Duft im gesamten Raum zu verteilen.

Florian versuchte diesen Drang krampfhaft zu unterdrücken, rutsche dabei nervös auf seinem Stuhl hin und her und kniff mit aller Macht seine Backen zusammen. Es war eine äußerst anstrengende Qual für ihn, aber er schaffte es alle Fragen kurz, präzise und freundlich zu beantworten ohne, dass seine Gegenüber etwas von seiner Misere bemerkten.

Hin und wieder musste er sich eine Schweißperle von der Stirn tupfen, was aber lediglich der Ausdruck einer normalen Nervosität in einem Bewerbungsgespräch sein konnte.

Mit der Zeit wurde es jedoch immer schlimmer und Florian hoffte, dass das Gespräch bald zu Ende sein würde und er endlich still und heimlich eine Toilette aufsuchen konnte. Mittlerweile war es so kritisch, dass er meinte nun einen Eindruck davon zu haben, wie sich ein Atomkraftwerk kurz vor einer Kernschmelze fühlen müsste.

Als er das Gespräch endlich hinter sich gebracht hatte und sie sich zur Verabschiedung die Hände reichten, verließen sie gemeinsam den Raum. In dem Moment sah Florian die matschige Fußspur, die er auf dem Boden hinterlassen hatte und sah wie auch die anderen Anwesenden diese wahrnahmen, ohne dazu etwas zu sagen. Das war schonmal die erste Stufe der Peinlichkeit. Er konnte sich aber noch nicht aus der Situation befreien, denn er musste jetzt erstmal ein dringendes Geschäft erledigen. Er war im Moment schließlich so etwas wie eine Zeitbombe, die jeden Augenblick hochgehen konnte.

Nachdem die junge Dame vom Empfang ihm den Weg zur Toilette gewiesen hatte, versuchte er wie über Glasscherben zu gehen, um nicht noch mehr matschige Fußabdrücke zu hinterlassen. Dies wollte ihm jedoch nicht so richtig gelingen und jeder Schritt hinterließ einen weiteren braunen Fleck auf dem Boden. Alles zog sich in ihm zusammen und obwohl er sich nicht nach hinten umdrehte, fühlte er regelrecht, wie die anderen ihn anstarrten und sich dachten, was das bloß für ein Idiot sei. Aber das war jetzt auch egal, er konnte nicht mehr.

Auf den letzten Metern nahm die Besonnenheit seiner Schritte deutlich ab und nach ein paar weiteren Schritten hatte er endlich den Ort seiner Begierde erreicht.

Er klappte den Klodeckel um und zog sich die Hose runter in einer Geschwindigkeit, in der er das noch nie getan hatte. In dem Moment wo er sich hinsetzte und den Dingen freien Lauf lassen wollte, hörte er wie sich die WC-Tür erneut öffnete, jemand den Raum betrat und in der anliegenden Kabine verschwand. Das darf doch jetzt nicht wahr sein, dachte Florian.

Aber er hatte keine Wahl. Kein Aufschub war mehr möglich. Das war hier schließlich kein Brexit. Es musste jetzt passieren. Und so kam es auch. Gleichsam eines sich entladenen Gewitters schoss alles aus ihm raus, begleitet von einer nicht überhörbaren Geräuschkulisse.

Ein warmes Gefühl der Erleichterung breitete sich jetzt in Florian aus, so wie die zu diesem Vorgang gehörenden Gerüche in der Kabine und darüber hinaus in dem gesamten Raum.

Er hörte wie die Person in der Kabine neben ihm hustete vor Ekel, leise vor sich hin grummelte und fluchte. Die genauen Worte konnte Florian nicht hören. Für den Augenblick war er vom Glück erfüllt. Wie ein Junkie, der sich gerade einen Schuss gesetzt hatte und der alles andere um ihn herum einfach ausblendete.

Dieses Glücksgefühl hielt aber nur kurz, denn als er fertig war, musste er sich wieder der Realität stellen. Also überlegte er verzweifelt wie er da jetzt unbemerkt wieder rauskommen konnte. Timing war jetzt entscheidend. Entweder wartete er solange bis der Kerl neben ihm fertig war und das WC verließ oder aber er musste als erster gehen und schnell genug sein, bevor der andere fertig war.

Er lauschte nach neben an, konnte aber nichts hören. Somit war eine Einschätzung über dessen weitere Verweildauer auf der Kabine sehr schwierig.

Er konnte allerdings auch nicht zu lange warten, denn die anderen warteten vorne schließlich noch auf ihn, um ihn nach draußen zu begleiten. Nebenan war immer noch nichts zu hören, was auf ein Verlassen der Kabine hindeutete, also entschloss Florian sich es zu riskieren.

Nachdem er abgezogen hatte, verließ er die Kabine, ging schnellen Schrittes Richtung Waschbecken und in dem Moment – na klar – öffnete sich auch die andere Kabine. Florian drehte sich vor Schreck um und erstarrte für einen Augenblick. Den Mann kannte er nämlich. Es war der Mann von der Personalabteilung, mit dem er vor wenigen Minuten noch sein Bewerbungsgespräch geführt hatte. So ein Scheibenkleister, dachte Florian, wobei Scheibenkleister nicht das Wort war, das er im Sinn hatte.

Beide guckten sich für einige Sekunden an, aber keiner von beiden sagte irgendwas. Nach dem obligatorischen Händewaschen, verließen dann beide wortlos den Raum und gingen in Richtung Ausgang.

Vor lauter Aufregung hatte es Florian versäumt sich auf der Toilette, um seine Schuhe zu kümmern und so hinterließ er auch jetzt noch kleine matschige Abdrücke auf dem Weg. Aber das war ihm jetzt auch egal, denn schlimmer konnte es auch nicht mehr kommen. Mittlerweile hatte er bereits die höchste Stufe der Peinlichkeit erreicht. Da waren die Fußabdrücke jetzt auch nicht mehr so wild. Der Personaler verabschiedete sich mit einem:

„Wir melden uns bei Ihnen."

Florian war natürlich klar, was das bedeutete. Aber nach der Nummer war das auch nicht anders zu erwarten. Er begab sich nach draußen und marschierte mit hängenden Schultern in Richtung seines Autos. Was für ein beschissener Tag, dachte er sich, als er im Auto saß. Im übertragenen und im wörtlichen Sinn.

Glücklicherweise war der Arbeitsmarkt zu dieser Zeit so gestaltet, dass es kein großes Problem für Fachkräfte war einen neuen Job zu finden. Zumindest für qualifizierte Fachkräfte. So konnte Florian kurzfristig noch weitere Termine für Bewerbungsgespräche auftun.

Am Vorabend des nächsten Gespräches hatte Florian aus seinen Fehlern gelernt und verzichtete auf sämtliche Nahrungsmittel, die ihm am nächsten Morgen in irgendeiner Form Probleme bereiten könnten. Mit einer klaren Brühe und einem frischen Brötchen dazu konnte er seiner Meinung nach nichts falsch machen. Dazu gab es nur ein stilles Wasser. Kein Alkohol oder sonstige Schweinereien. Damit sollten alle Gefahren beseitigt sein.

Am darauf folgenden Morgen verzichtete er sogar auf seinen obligatorischen Kaffee. Die Müdigkeit nahm er dafür in Kauf. Einen Parkplatz fand er diesmal auf einer großen gepflasterten Parkplatzfläche. Keine Chance für Matschfüße und peinliche Fußabdrücke dieses Mal.

Soweit lief alles bestens bis hierhin. Jetzt noch bloß alle Fettnäpfchen vermeiden.

In dem Gespräch saßen ihm diesmal nur zwei Personen gegenüber. Eine sehr nette Dame aus der Personalabteilung, die das Gespräch leitete und noch ein Typ, der sich ziemlich zurückhielt und wohl dann sein Vorgesetzter wäre, wenn Florian den Job bekäme, oder so ähnlich. So genau hatte Florian das nicht verstanden.

Und das war vermutlich auch Kern der Problematik, denn so wie es aussah wollte der Typ diese Rolle wohl unbedingt spielen, konnte es aber nicht so richtig.

In den folgenden Minuten des Gesprächs kam sich Florian vor als sei er in einer Sondervorstellung einer psychiatrischen Klinik zur Veranschaulichung der charakteristischen Symptommuster einer ausgewachsenen Schizophrenie.

Da die Dame von der Personalabteilung wohl aktuell sehr im Stress zu sein schien, kam es mehrmals während des Termins vor, dass sie den Raum kurz verlassen musste, um zu telefonieren oder etwas zu klären. Und so sehr sich der Typ sonst zurückgehalten hatte, verwandelte er sich in diesen Augenblicken, in denen die beiden allein waren, geradezu in einen Mr. Hyde und drückte Florian einen Spruch nach dem anderen rein.

„Schwitzt Du etwa? Das sieht man fast gar nicht. Und jetzt sperr mal deine Lauscher auf. Wenn Du in meinem Team arbeiten willst, ist Teamwork angesagt und das funktioniert am besten, wenn alle tun was ich sage. Wichtigste Regel: Wenn der Kuchen spricht, haben die Krümel zu schweigen. Du bist hier maximal nur ein Statist, aber wenn du dich anstrengst und Glück hast, dann kannst du vielleicht noch zur Requisite aufsteigen."

Genau in dem Moment, wo die Personalfrau dann wieder den Raum betrat, hielt der Typ die Klappe und lächelte nur noch freundlich.

Florian kam sich vor wie im falschen Film und war so perplex, dass er gar nicht wusste wie er jetzt reagieren sollte, was in einem etwas nervösen Stottern endete, beim Beantworten der folgenden Fragen.

War ihm aber jetzt auch egal, was sie von ihm dachten. Er war sich sicher, dass er hier auf keinen Fall arbeiten würde. Nicht mit so einem komischen Vogel. Glücklicherweise gibt es ja noch andere Unternehmen, die dringend Mitarbeiter suchen. Dennoch zog er das Gespräch freundlich bis zum Ende durch. Etwas anderes hätte seine Erziehung auch nicht zugelassen.

Eine Sache musste er jedoch noch erledigen. Als die Personalfrau kurz vor Ende des Gesprächs ein letztes Mal den Raum verließ, holte Florian gegen der Verbalrüpel zum Gegenschlag aus, bevor dieser wieder loslegen konnte. Das wollte er sich nicht nehmen lassen und da er die Stelle hier jetzt sowieso nicht mehr wollte, konnten ihm die Konsequenzen auch egal sein.

„Jetzt pass mal auf du Pausenclown. Was sagt denn ein Unbeteiligter wie du eigentlich zum Thema Intelligenz? Deine Eltern wären wohl auch lieber ein paar Minuten mehr spazieren gegangen. Aber du kannst froh sein, dass du wenigstens zwei Daumen hast. Weißt du, in manchen Momenten bin ich mir ziemlich sicher, dass damals nicht alle wieder heim gekommen sind vom Wandertag der Irrenanstalt. Aber so behindert wie du bist, sollte doch zumindest die Parkplatzsuche für dich kein Problem sein. Und weil ich denke, dass du so ein Typ bist, der gerne auf

Kleinigkeiten rumreitet, gebe ich dir noch einen kostenlosen Rat mit auf den Weg. Kauf dir ein Pony."

Florian stoppte seine Ausführungen, in dem Moment wo sich die Türe öffnete und sie wieder vollzählig waren. Das hatte gesessen. Damit hatte der Typ auch nicht gerechnet. Florian sah wie der Spacken auf einmal kreidebleich wurde. Von dem war jetzt nur noch ein bisschen Jekyll übrig, mehr nicht. Florian strahlte förmlich vor lauter Selbstbewusstsein, was sich wie aus dem Nichts in ihm ausgebreitet hatte, als er sich von den beiden verabschiedete. Dafür erntete er sogar noch ein Lob von der Personalerin, die meinte eine äußerts positive Vorfreude auf den Job wahr zu nehmen.

Der Strohkopf kassierte von ihr im Gegensatz dazu noch den Rat lieber nach Hause zu fahren und sich hinzulegen, denn er sähe furchtbar aus. Mit dem Job war es zwar nichts, aber trotzdem fuhr Florian mit einem triumphierenden Gefühl vom Parkplatz weg.

Zu seinem nächsten Termin musste Florian diesmal mit dem Zug fahren, da sein Auto unerwartet streikte. Früher fuhr Florian so gut wie nie mit öffentlichen Verkehrsmitteln, weil zu voll, zu unflexibel und zu unzuverlässig. Aber mittlerweile waren die gar nicht mal so schlecht. Und außerdem hatte er keine andere Wahl. Nur die Automaten, an denen man sich am Bahnsteig ein Ticket ziehen musste, waren immer noch so unverständlich und alles andere als intuitiv bedienbar. Manche Dinge ändern sich wohl nie.

Nachdem er es schließlich mit der Hilfe anderer Mitreisender geschafft hatte sich ein Ticket zu ziehen, machte er sich also auf den Weg. Wie gewöhnlich war der Zug pünktlich und es war auch nicht allzu voll. Die Bahn hatte sich echt gemacht, dachte er.

Vielleicht zeigten die Klimaschutzbewegungen tatsächlich eine Wirkung. Auch wenn das natürlich nicht alle Probleme lösen würde, war es zumindest ein Fortschritt, ohne irgendwelche Probleme oder besondere Vorkommnisse mit der Bahn fahren zu können.

Florian öffnete das Fenster, als es ihm zu warm wurde. Er saß relativ weit hinten im Abteil und beobachtete die anderen Fahrgäste. Die meisten waren damit beschäftigt auf ihre Smartphones, Tablets oder Phablets zu schauen. Sie waren so tief darin versunken, dass sie nichts anderes mehr mitbekamen. Smombies nannte man solche Exemplare der menschlichen Spezies. Ein zusammengesetztes Kunstwort aus Smartphone und Zombies. So wirkten sie nämlich, wenn sie wie hypnotisiert auf ihre Telefone starrten. Wie seelenlose Zombies.

Manche von ihnen bekamen auch nichts mehr mit von der Außenwelt. Das führte in einigen Fällen zu witzigen Begebenheiten, wenn jemand beispielsweise gegen eine Laterne lief und dann peinlich berührt nach rechts und links blickte, ob es jemand beobachtet hatte.

In anderen Fällen führte es aber auch durchaus zu gefährlichen Szenen, so wie das eine Mal als eine Person beim Gehen ohne dabei geradeaus zu gucken auf das Gleisbett gefallen war. Der Mann konnte zum Glück rechtzeitig wieder hochgezogen werden, bevor der Zug den Bahnhof erreichte, aber diese Geschichte hätte auch anders ausgehen können.

Manche hielten sich das Telefon auch waagerecht vor den Mund, um Sprachnachrichten zur verschicken. Das sah ziemlich albern aus, fand Florian. Außerdem war es seiner Meinung nach Quatsch Sprachnachrichten zu verschicken. Entweder schreiben oder telefonieren. Aber kein Mischmasch. Mit diesem Mittelding konnte er einfach nichts anfangen.

Hinter sich schnappte er ein paar Unterhaltungsfetzen auf. Ein scheinbar Jugendlicher, quatschte einen anderen in der höchsten Liga der Jugendsprache an mit einigen Abstechern ins Spielfeld der Beleidigungen.

„Gönn dir Alter. Läuft bei dir. Fett bist du geworden."

Der Angesprochene konterte diese Ansage sehr charmant, wie Florian befand.

„Ich bin nicht fett geworden. Ich bin nur mit meinen Aufgaben gewachsen."

Kurz bevor die Station kam, an der Florian aussteigen musste, machte ihn so ein Kerl etwas blöd von der Seite an wegen des geöffneten Fensters. Kein „Bitte", kein „Danke" und mehrere Beleidigungen in einem Satz verpackt. Beleidigungen sowohl gegen Florian als auch gegen die deutsche Sprache.

Da Florian sowieso jetzt raus musste, stand er auf und machte den Kerl mit einer Handbewegung auf das Schild an dem Fenster aufmerksam, auf dem geschrieben stand, „Bis zum Anschlag öffnen." Und fügte dann hinzu, dass das Fenster solange geöffnet bleiben müsste, bis die Bombe hochgegangen ist. Parallel zeigte er auf den arabisch aussehenden jungen Mann, in der muslimischen Kleidung, der zudem noch einen Rucksack mit sich führte.

Zugegeben, das war etwas rassistisch, aber das war es ihm Wert gewesen, dachte Florian und gönnte sich noch einen abschließenden Blick auf den sprachlosen Proleten, der nur noch reglos dastand und nicht so recht wusste wie ihm geschehen war.

Das folgende Bewerbungsgespräch lief sehr harmonisch ab. Es gab keine peinlichen oder skurrilen Situationen und es herrschte viel Sympathie auf beiden Seiten.

Auch die Rahmenbedingungen was das Gehalt, die Arbeitszeit, Urlaubstage etc. anging, passten. Die mündliche Zusage hatte er schon unmittelbar nach dem Gespräch bekommen. Die wollten ihn scheinbar wirklich dringend haben und waren auch froh darüber, dass Florian schon sehr kurzfristig die neue Stelle antreten konnte.

Den Vertrag wollten sie ihm dann noch zusenden zur Prüfung und Unterschrift.

Florian fuhr mit einem guten Gefühl nach Hause. Endlich ging es wieder aufwärts für ihn.

Und da war ja noch was. Das Wochenende stand kurz bevor. Und das wiederum bedeutete er würde Jana wiedersehen. Nun breitete sich ein Grinsen auf seinem Gesicht aus, welches nicht mal der Joker mit seinem Messer besser hinbekommen hätte.

Kapitel 5 – Date-Night

Samstag. Heute war es soweit. Der große Tag. Heute würde er Jana wieder treffen. In seinem Bauch fing es immer wieder an zu Grummeln, wenn er nur an sie dachte. Irgendetwas hatte sie mit ihm gemacht. Vielleicht war sie auch genau das was er jetzt brauchte. Für seinen Neuanfang. Das genaue Gegenteil von Lisa.

Die hatte sich übrigens schon mehrfach versucht bei ihm zu melden, sowie auch sein ehemals bester Freund Markus. Er hatte aber keine Lust auf irgendwelche Entschuldigungs- oder Rechtfertigungstiraden. Am Ende würde sie es noch so drehen, als wäre das alles seine Schuld gewesen. Sowas konnte sie nämlich gut. Scheiße bauen und das ganze so drehen, dass es sein Fehler war.

So wie das eine Mal, als sie die Fenstertüre zum Balkon offengelassen hatte und diese den ganzen Tag offen Stand als beide arbeiten waren. Als er das am Abend bemerkte wollte er sie anschnauzen, bekam aber nur zu hören, dass es eigentlich seine Aufgabe sei zu kontrollieren, ob alle Fenster und Türen geschlossen sind, bevor sie das Haus verlassen. Er wusste zwar nicht in welcher Konferenz das beschlossen wurde, aber sie setzte noch einen drauf und warf ihm vor, dass er auch schon wieder nicht den Müll rausgebracht hatte. Darüber hinaus holte sie noch ein paar ältere Vergehen von ihm wieder zum Vorschein, die er schon längst vergessen hatte.

Das wiederum stimmte zwar, aber er fragte sich, ob das legitim sei und ob es hierbei nicht auch eine Art von Verjährungsfrist gäbe. Jedenfalls hatte ihn das die Defensive versetzt. Darauf wusste er nicht mehr zu kontern und er zog sich fürs Erste zurück.

Am darauffolgenden Tag ging er sogar soweit und wollte Pluspunkte sammeln. Er räumte die ganze Wohnung auf und entsorgte alles, was seiner Meinung nach nicht mehr gebraucht wurde.

Allerdings ging sein Plan nach hinten los. Statt der erwarteten Lobeshymne zog er sich nur den nächsten Ärger auf sich. Denn das was er wegräumte und als entsorgungswürdig betrachtete, war in den Augen seiner Freundin stilvolle Dekoration gewesen.

Es dauerte eine Weile bis dieser Ärger verzogen war. Danach landete auch diese Geschichte in ihrer Schublade für Florians Missetaten, die sie jederzeit bei Bedarf wieder hervorziehen konnte.

Aber er wollte jetzt nicht mehr an die Vergangenheit denken, sondern an das was vor ihm lag. Und je näher das rückte, desto nervöser machte ihn das. Was wollten sie eigentlich machen? Wo und wann sollten sie sich am besten treffen? Was sollte er anziehen? Was wollte er sagen? Er spürte wie Panik ganz langsam in ihm hochstieg.

Die Aufregung war Florian kaum anzusehen. Lediglich die großen Schweißflecken unter seinen Armen ließen darauf schließen. Er kam sich vor, als wäre das hier sein erstes Date. Und das war auch nicht so ganz weit weg von der Wahrheit. Schließlich war er fünf Jahre mit Lisa zusammen gewesen und sein letztes Date lag dementsprechend lange zurück. Vor langer Zeit in einer weit, weit entfernten Galaxis muss das gewesen sein.

Zunächst musste er einmal überlegen was sie eigentlich machen sollten. Sie hatten sich bisher nur auf den Tag festgelegt.

Florian ging in seinem Kopf verschieden Optionen durch. Kino kam für ihn nicht in Frage, obwohl er Filme eigentlich sehr mochte. Aber für ein erstes Treffen war das zu unpersönlich, wie er fand. Ein Besuch im Kletterpark schied aus wegen seiner Höhenangst. Für Schlittschuhlaufen war das nicht die richtige Jahreszeit. Also entschied er sich für etwas Klassisches. Sie würden einfach etwas Essen und Trinken gehen.

Er erinnerte sich daran, dass sie erwähnt hatte gerne mexikanisch zu mögen. Leider kannte er keinen guten Mexikaner in der Nähe, also entschied er sich für den Spanier, der erst vor kurzem eröffnet hatte. Das ist ja fast dasselbe, dachte er. Das wird sie schon mögen. Und er hatte Recht damit, sie stimmte seinem Vorschlag zu.

Die Uhrzeit war auch schnell geklärt. Um 19:00 Uhr würden sie sich dort treffen.

Jetzt musste er sich noch überlegen was er anziehen sollte. Er entschied sich wie bei der Wahl des Hackfleisches im Supermarkt für die Variante halb und halb. Halb leger und halb schick. Jeans mit Hemd. Gute Wahl.

Jetzt hatte er noch ein paar Stunden Zeit sich zu überlegen worüber sie wohl reden konnten. Und vielleicht musste er vorher doch nochmal kurz unter die Dusche.

Florians Nervosität war unbegründet, wie er positiv überrascht feststellte. Als die beiden sich in diesem kleinen, gemütlichen Ladenlokal wiedertrafen, konnten sie nahtlos an ihre letzte

Begegnung anknüpfen. Sie verstanden sich prächtig. Hatten stets ein Gesprächsthema. Zu keiner Zeit ein peinliches Schweigen. Sie aßen leckere Tapas, teilten sich dazu eine Sangria und lachten viel. Besser hätte sich Florian den Verlauf dieses Abends gar nicht vorstellen können.

Sie unterhielten sich über dies und das. Sie mochten beide gerne Serien und Florian erzählte von dem Phänomen, dass Frauen meistens am Handy spielen und nicht richtig hinsehen, aber behaupten, dass sie multitaskingfähig seien und beides könnten. Jana bestätigte das grinsend und setzte noch einen drauf.

„Kennst Du das, wenn du gerade eine neue Folge oder einen Film guckst und in dem Moment fängt deine bessere Hälfte an dir etwas zu erzählen oder dich irgendwelche Sachen zu fragen? Ich drücke dann immer auf Pause und lass ihn erstmal ausquatschen. Wenn er fertig ist, frage ich immer mehrfach nach, ob das jetzt wirklich alles war. Ob jetzt alles geklärt ist und wir weiter gucken können. Dann spule ich demonstrativ immer extra weit zurück, um den Grad meiner Genervtheit offenkundig zu zeigen und drücke wieder auf Play. Meistens kommt dann nochmal so ein Nachsatz raus, aber dann geht's. Zumindest bis zur nächsten

Unterbrechung." Florian musste laut lachen, denn diese Situation kannte er auch nur zu gut.

Sie waren beide sportinteressiert und guckten vor allem gerne Fußball. So verstrickten sie sich schnell in einer Unterhaltung über die Komplexität der modernen Fußballfernsehrechtevergabe.

Da es mittlerweile so viele Anbieter gab, die an unterschiedlichen Tagen und Uhrzeiten Spiele zeigten, war es kaum möglich da noch durchzublicken. Zumindest nicht für Normalsterbliche. Florian versuchte die aktuelle Situation nochmal zusammen zu fassen.

„Also, alle Freitagsspiele laufen bei Eurosport. Alle Samstags- und Sonntagsspiele laufen bei Sky. Alle Montagsspiele, von denen es allerdings nur ein paar gibt, werden wiederum auf Eurosport gezeigt. Zwei Spiele pro Saison werden zudem bei ZDF übertragen. An jedem Champions-League-Spieltag wird ein Spiel in voller Länge bei Sky gezeigt sowie alle Spiele des Spieltages in der Konferenz. Alle anderen Spiele laufen bei DAZN. DAZN überträgt zu dem alle Europa-League-Spiele. Ein Spiel pro Spieltag, in der Regel eins mit deutscher Beteiligung, wird dabei allerdings zusätzlich von RTL Nitro übertragen und wenn eine deutsche Mannschaft besonders weit kommt, dann sogar auf dem Hauptsender RTL. Alle DFB-Pokalspiele werden bei Sky gezeigt. Einige ausgewählte pro Runde auch bei ARD oder ZDF. Von ausländischen Ligen fange ich jetzt gar nicht erst an. Soweit richtig?"

Für einen Außenstehenden unerwartete konnte Jana den Ausführungen von Florian problemlos folgen und war sogar in der Lage einen kleinen Fehler in seiner Ansprache aufzudecken.

„Im Prinzip ja. Nur eine kleine Korrektur hätte ich noch anzumerken. Du hast gesagt, dass alle Sonntagsspiele bei Sky gezeigt würden. Das ist aber nicht ganz richtig. Auf Sky laufen lediglich alle Sonntagsspiele, die nicht um 13:30 stattfinden. Diese Spiele sind wiederum nur auf Eurosport zu sehen. Dafür kommen auf Sky aber alle Zweitligaspiele ohne Ausnahme. Früher war es ja so, dass das Montagsspiel der zweiten Liga noch auf DSF bzw. Sport1 zu sehen war."

„Ach wen interessiert denn schon die zweite Liga.", entgegnete Florian und beide lachten wieder herzlich.

Sie hatten viel Spaß zusammen. Jana erzählte ihm von einer lustigen Ebay-Kleinanzeigen Geschichte, die sie irgendwo mal

gelesen hatte. Dort wollte jemand einen Fernseher eines Marken-
herstellers verkaufen und hatte in seiner Anzeige stehen „Phi-
lipps Fernseher zu verkaufen." Einer von denen, die daraufhin
Kontakt zu dem Käufer aufnahmen, hatte die Überschrift aber
nicht ganz richtig verstanden und fragte ihn wer denn eigentlich
Philipp sei und warum der andere einfach dessen Fernseher verkaufen wollte.

Florian fielen dabei vor Lachen beinahe die Gambas aus dem
Mund.

Nach einiger Zeit verschwand Florian mal kurz auf Toilette.
Dazu musste er die Treppe nach unten nehmen und stockte erstmal vor einer der beiden Türen. Er schaute sich die Symbole auf
beiden Türen ganz genau an, konnte aber nicht mit Sicherheit sagen, welche Türe für Herren und welche für die Damen vorgesehen war.

Glücklicherweise verließ gerade ein Mann die Örtlichkeiten
und klärte somit für Florian die Türenfrage.

Als er sein Geschäft erledigt hatte und sich zum Waschbecken
begeben wollte, hörte er von dort jedoch Frauenstimmen, die sich
unterhielten.

Erschrocken trat Florian wieder zurück. War er doch durch die falsche Türe gegangen und sein Vorgänger somit auch? Oder waren vielleicht die Frauen hier falsch? Das wäre ja auch nur verständlich gewesen. Schließlich blickt bei der Bebilderung der WC-Türen ja niemand durch. Wahrscheinlich passierte das hier ständig, dass Leute in die falsche Toilette marschierten.

Was sollte er jetzt machen? Er entschloss sich dazu selbstbewusst raus zu kommen und er würde sich im Zweifel entschuldigen und den Damen die Situation erklären. Das würden sie schon verstehen, dachte er sich.

Also ging er erhobenen Hauptes in Richtung Waschbecken, nickte den dort stehenden Frauen freundlich zu und wusch sich die Hände.

Diese nahmen ihn aber gar nicht richtig war. Zumindest nicht in der Art, als ob ein Mann ausversehen auf dem Damen-Klo gelandet wäre. Für sie war scheinbar nichts Ungewöhnliches an der Situation. Vielleicht kannten sie die Problematik hier und nahmen es daher locker. Florian grübelte noch weiter, während er sich diesmal, wegen der Beobachter, besonders gründlich, die Hände wusch.

Als er sie sich mit ein paar Papierhandtüchern abtrocknete, bemerkte er den Clou an der Geschichte. Es handelte sich um einen gemeinsamen Waschraum. Beide Türen führten in diesen Raum, also war es im Prinzip völlig egal, welche Tür man nahm. Die unterschiedlichen und verwirrenden Symbole waren vermutlich als Gag gedacht. Jetzt kam er sich etwas blöd vor. Sowas habe ich vorher auch noch nicht gesehen, dachte er bei sich und machte sich wieder auf den Weg zu seinem Tisch, wo Jana auf ihn wartete.

Nach ein paar weiteren Datteln im Speckmantel, welche umgehend mit einem großen Schluck Sangria runtergespült wurden, hatte Florian noch eine schöne Anekdote auf Lager. „Erinnerst du dich noch an diese Hitzewelle letztes Jahr im Sommer, wo es teilweise bis zu vierzig Grad heiß war?"

„Ja klar erinnere ich mich daran. Das war teilweise kaum auszuhalten."

„Naja, auf jeden Fall war es auch im Büro so warm, dass mein damaliger Chef meinte sich großzügig geben zu können. Er hat also eine Bekanntmachung als Rundmail veröffentlicht und darin hieß es, dass am nächsten Tag die männlichen Mitarbeiter ausnahmsweise auch in kurzen Hosen erscheinen dürften, weil dies der heißeste Tag werden sollte. Sonst sind lange Hosen Pflicht musst du wissen. Er hat aber dann noch darauf hingewiesen, dass er selbst an dem Tag noch einen Termin mit externen Kunden hat und deshalb trotz der hohen Temperaturen keine kurzen Hosen tragen dürfe. Das kam bei den meisten Mitarbeitern natürlich etwas blöd an und einer hat darauf eine entsprechende Antwort verfasst, welche dann ebenfalls an alle gesendet wurde. Allerdings über eine unbekannte E-Mail-Adresse, damit er nicht auffliegt. Die Antwort war nämlich etwas gewagt und er hatte wohl Angst dann seinen Job zu verlieren. Er hat also geschrieben, dass er ihn da gut verstehen könnte, denn er kann grundsätzlich auch keine kurzen Hosen tragen, auch bei höchsten Temperaturen nicht, weil sonst unten immer sein Penis rausgucken würde. Dazu hat er noch ein passendendes Bild mitgeschickt von einem gewissen Long Dong Silva. Das war ein absoluter Brüller.

Aber mit Hilfe der IT-Abteilung kam dann doch irgendwann raus, wer dafür verantwortlich war und kurz danach hat derjenige dann gekündigt. So zumindest die offizielle Version. Aber wahrscheinlich ist er eher gegangen worden." Jana schmunzelte zwar über die Geschichte, aber nicht so sehr wie Florian sich das erhoffte. Das lag daran, dass sie die Story schon kannte. Und zwar von ihrem Exfreund.

Wie sich herausstellte war das ein ehemaliger Arbeitskollege von Florian. Ein gewisser Hans-Martin. Der Typ mit dem Porsche, von dem Florian noch vor kurzer Zeit total genervt war, wegen der Parkplatzgeschichte.

Der war bis vor kurzem noch mit Jana zusammen? Von der Tatsache war Florian überhaupt nicht begeistert, er ließ sich aber nichts anmerken. Wie konnte so eine tolle Frau nur mit so einem Typen zusammen sein. Florian zensierte seine eigenen Gedanken.

Wahrscheinlich kann er seinen wahren Charakter gut verbergen, wenn er will. Naja, wenigstens hat sie es rechtzeitig bemerkt und mit ihm Schluss gemacht, löste er die kognitive Dissonanz in seinem Kopf auf, die sich gerade gebildet hatte.

Nach dem gemeinsamen Essen übernahm Florian die Rechnung, wie sich das gehörte. Das war zumindest seine Meinung. Obwohl das in einer modernen Welt nicht mehr unbedingt so sein musste.

Florian bot an sie nach Hause zu bringen, was Jana gerne annahm. Von dem Restaurant aus war der Weg zu Janas Wohnung nicht weit, daher entschieden sie sich dazu zu Fuß zu gehen durch die sternenklare Nacht.

Vor ihrer Haustüre nahmen sich die beiden zum Abschied in den Arm und nach einem gegenseitigen funkelnden Blick in die Augen des jeweils anderen, begannen sie sich leidenschaftlich zu küssen.

Jana war zwar normalerweise kein Mädchen was leicht zu haben war, aber bei Florian fühlte sie sich auf Anhieb wohl. Und ihm ging es genauso. Weiterhin eng umschlungen, begannen sie sich Richtung Wohnungstüre zu bewegen, ohne dabei die Umarmung und den Speichelaustausch zu unterbrechen. Es wirkte als wären sie Teilnehmer eine Spiel-Show, die zusammengekettet waren und versuchten auf diese Weise einen Parkour zu durchschreiten. Aber wie das aussah störte die beiden absolut nicht. Sie waren mit den Gedanken nur beieinander. Und so verbrachte Florian die Nacht bei ihr.

Kapitel 6 – Aufwärts

Am nächsten Morgen wachte Florian in Janas Bett auf. Sie schlief noch, hatte sich aber an ihn ran gekuschelt. Florian gefiel das. Seit langer Zeit hatte er wieder ein Gefühl der Geborgenheit. Es fühlte sich richtig an.

Jedoch musste er an etwas denken, was Jana am Vorabend zu ihm gesagt hatte. Sie meinte er hätte die Geschichte mit Lisa noch nicht richtig abgeschlossen. Er müsste das Ganze noch richtig verarbeiten, sonst könne er sich nicht einfach auf etwas neues einlassen respektive sonst würde ihn die Vergangenheit früher oder später wieder einholen.

Sie riet ihm entweder sich mit ihr auszusprechen oder seine Wut und seinen Ärger auf sie auf eine andere Art rauszulassen.

Bisher hatte er alle Versuche von Lisa mit ihm Kontakt aufzunehmen blockiert. Er wollte nicht mit ihr sprechen. Vielleicht sollte er es ihr irgendwie heimzahlen, dachte er. Aber wie? Er war ja schließlich kein böser Mensch und er gehörte nicht zu der Sorte, die das Auto des Partners aus Rachsucht zerkratzen oder ähnliches.

Es müsste schon eine Lektion sein, die sie nicht so schnell vergessen sollte. Aber im Moment wollte er daran keine weiteren

Gedanken verschwenden. Jetzt wollte er einfach nur die Situation genießen. Es war schließlich schon schlimm genug, dass er gleich wieder im Schützengraben Platz nehmen musste, wenn er noch Hause käme, um sich vor dem Fragenhagel seiner neugierigen Schwester zu verstecken.

Also küsste er Jana sanft auf die Lippen. Die wachte aus ihrem Halbschlaf auf, lächelte ihn an und fragte:

„Na, willst du mit deiner Yacht nochmal in den Hafen einlaufen?".

Florian musste lachen. Er mochte es, dass sie immer einen lockeren Spruch auf den Lippen hatte.

„Na klar.", antwortete er. „Dann betätige ich mal die Schiffshupe", fuhr er fort und drückte dabei ihre Brüste. Beide lachten und fielen dann leidenschaftlich übereinander her.

Nach einigen Wochen stand Florians erster Arbeitstag in der neuen Firma an. Dort wo er sein drittes Bewerbungsgespräch geführt hatte und es zu keinen peinlichen oder skurrilen Zwischenfällen kam, hatte es wie erwartet geklappt. Die mündliche Zusage hatte er ja schon unmittelbar nach dem Gespräch in der Tasche gehabt.

Den Vertrag hatten sie ihm zugesendet und Florian schickte ihn unterschrieben zurück. Die wollten ihn haben und er bekam jetzt sogar ein höheres Gehalt als bei seiner alten Arbeitsstelle. So weit so gut. Jetzt musste er nur noch die viermonatige Probezeit überstehen. Aber das würde er schon schaffen. Er war ja schließlich nicht blöd.

Florian wollte es unbedingt vermeiden an seinem ersten Arbeitstag zu spät zu kommen und stand deshalb extra früh auf. Da sein Auto noch in der Werkstatt war, musste er sich wieder in den Irrgarten der öffentlichen Verkehrsmittel begeben. Aber den Weg mit den entsprechenden Verbindungen kannte er ja noch vom letzten Mal.

Seinen ersten Kaffee des Tages holte er sich unterwegs, „to go". Er benutzte dafür seine eigenen Thermobecher, um keinen unnötigen Müll zu produzieren.

Mittlerweile boten viele Läden diesen Service an. Ein kleiner Beitrag zum Umweltschutz. Eigentlich war ihm sowas bisher immer egal gewesen, aber seit einiger Zeit waren solche Themen sehr präsent und bewegten ihn doch dazu das ein oder andere Mal über sein Handeln nachzudenken. Greta sei Dank. Obwohl er fand, dass sie marketing- und PR-mäßig sehr stark ausgeschlachtet wurde und er sich nicht sicher war, ob manch einer das ganze nur ausnutzte, um richtig viel Geld zu verdienen.

So war er sich doch sicher, dass sie auch etwas Gutes bewirkt hatte. Zumindest hatte er das Gefühl, dass bei den Menschen schon eine Art von Umdenken stattgefunden hatte. Zwar nicht bei allen, wie er dann auch oft wieder feststellte. Und er wusste auch nicht, ob es reichte die Welt zu retten. Aber es hatte sich etwas verändert. Und das war eine gute Sache.

Pünktlich angekommen. Die erste Hürde, im Hindernislauf des ersten Arbeitstages, war geschafft. Aber die nächsten warteten schon auf ihn. Florian war jedoch bereit alle Hindernisse zu nehmen, ohne dabei zu stürzen.

Am Eingang wurde er von seinem Mentor abgeholt. Dessen Name war Dirk und er sollte Florians direkter Ansprechpartner sein in allen Fragen, die so aufkommen würden im Laufe der Zeit. Das galt sowohl für die fachlichen als auch für die allgemeinen Dinge und Fragestellungen im Unternehmen. Wichtige Aspekte waren hier zum Beispiel, wo die Kaffeemaschine steht und wie man sie bedient. Was die Kollegen üblicherweise in der Mittagspause machen und von wem man sich lieber fernhalten sollte. Dirk war recht groß gewachsen, was ihm eine gewisse natürliche Autorität verlieh. Das kam ihm in seiner Rolle als Mentor wohl auch entgegen, dachte Florian.

Sein Arbeitstag begann heute zunächst mal mit einer großen Vorstellungsrunde. Dabei liefen sie sämtliche Büros ab und hielten mit jedem Mitarbeiter, den sie unterwegs trafen, einen kurzen Plausch. Und bei jedem Stopp musste Florian kurz etwas über sich erzählen.

Manche Kollegen versuchten noch zu flüchten und taten so als hätten sie sie nicht gesehen, aber letztlich konnte keiner dem Vorstellungsduo entkommen.

Am Ende waren sie einmal durch das komplette Gebäude gelaufen, ohne dass Florian noch wusste wie er wo hingekommen war. Mit der Orientierung ist es wie mit neuen Namen. Schwierige Geschichte. Zudem hat er sich gefühlt einhundert Mal vorgestellt und ebenso viele neue Namen kennengelernt, von denen er auch nicht nur einen noch einem Gesicht zuordnen konnte.

Er versuchte stattdessen krampfhaft sich den einen wichtigen Namen für ihn zu merken. Den seines Mentors. Wie war der noch gleich? Irgendwas mit D. Detlev? Nein, Dirk, das wars. Gott sei Dank.

Als nächstes wurde er bei der IT-Abteilung abgegeben. Dort hing ein Zettel an der Türe mit einer Bitte, dass morgen alle Mitarbeiter mit Hosen erscheinen sollten.

Florian war sich nicht sicher, ob das eine Art Scherz war oder er sich jetzt Sorgen machen müsse, wenn er die Türe öffnete. Doch er hatte Glück. Hinter der Türe waren keine Freischwinger zu sehen. Jeder hatte seine Hose dabei und auch angezogen.

In dem Raum befanden sich zwei Mitarbeiter, die sich an zwei großen Schreibtischen gegenüber saßen. Die beiden sahen aus wie Nerds. Einer von ihnen trug ein T-Shirt auf dem eine halbnackte Stripperin abgebildet war. Darunter stand geschrieben ‚Get String from Object.'

Die beiden schienen wohl ihren eigenen Sinn für Humor zu haben. Genauso wie sie wohl einen ganz eigenen Sinn für Ordnung hatten. Der restliche Raum war nämlich vollgestellt mit diverser Hardware, mit Kabeln und rumfliegenden CD's. Chaotisch könnte man es auch nennen.

An der einen Wand hing ein Plakat mit der Aufschrift ‚RE: AW: RE: AW: RE: AW: RE: AW: RE: AW: RE: AW: Kurze Frage an die IT:'.

An einer anderen Wand waren wichtige Programmierregeln aufgeführt wie beispielsweise ‚If it works. Don't touch it.' oder auch ‚This is not a bug. It's a feature.' Darunter hing noch ein Plakat mit der Abbildung eines Pinguins.

Florian konnte damit nicht allzu viel anfangen. Er hatte mit Programmieren wenig am Hut. Das einzige was er darüber einmal gelernt hatte, war dass Java auch eine Insel ist.

Hier erhielt er zunächst mal seine technische Grundausstattung sowie eine grundlegende Einweisung, über das Gebäude, den Zugang mit Hilfe eines Tokens statt eines Schlüssels, die Alarmanlage, Sicherheitsrichtlinien und die Regeln des Datenschutzes. Anschließend erhielt er noch einen Umschlag, in dem wohl die initialen Passwörter für den PC, den E-Mailaccount und so weiter enthalten waren, mit der Bitte diese umgehend zu ändern und den Inhalt des Umschlages danach im Reißwolf zu vernichten.

Des Weiteren wurde er gebeten seine neu vergebenen Passwörter nicht auf einem Zettel in seiner Schreibtischschublade aufzubewahren.

Während er von dem einen der beiden eingewiesen wurde, klingelte das Telefon. Der andere nahm das Gespräch an, stellte aber auf Lautsprecher, so dass alle im Raum Anwesenden mithören konnten.

Die Tatsache, dass Florian das Telefonat mitbekam, schien den anderen dabei nicht großartig zu stören. Das war vermutlich seine Routine.

Am Telefon meldete sich ein Mann mit einem Problem, dass sein Bildschirm kaputt sei. Der IT-Mitarbeiter fragte ihn, ob er sicher sei, dass der Bildschirm am Strom angeschlossen und angeschaltet sei. Daraufhin schnauzte ihn der Mann am Telefon an und ließ ein ordentliche Schimpftirade ab. Er sei doch nicht vollkommen blöd und er wäre ja wohl in der Lage den Bildschirm einzustecken und anzuschalten.

Etwas perplex von der Situation, änderte der Angerufene daraufhin seine Strategie und gab dem Anrufer die Anweisung den Bildschirm dann einfach mal auszuschalten. Im nächsten Augenblick änderte sich die Laune des Anrufers schlagartig um 180 Grad und der Mann war auf einmal die Freundlichkeit in Person. Er tat kund, dass es jetzt wieder gehen würde, bedankte sich und legte auf. Die beiden IT-Mitarbeiter schauten sich etwas irritiert an, schüttelten den Kopf, aber keine sagte etwas. Dann setzte der eine Florians Einweisung fort.

Nachdem sich Florian an seinem Arbeitsplatz eingerichtet hatte, begann er damit ein paar Schulungsunterlagen durch zu lesen, um sich in seinem neuen Arbeitsumfeld zurecht zu finden. Er war in einem großen Büro mit vier Schreibtischen untergebracht. Ihm gegenüber saß sein Mentor Dirk. Die beiden anderen Plätze waren von zwei weiteren Mitgliedern seines Teams besetzt. Die Ausstattung war modern. Jeder Arbeitsplatz war mit einem Desktop PC, sowie einem großen Bildschirm ausgestattet. Dazu gab es eine Tastatur und eine Maus nach ergonomischen Gesichtspunkten ausgewählt. Ein Telefon auf jedem Platz komplementierte das Bild.

Nach einiger Zeit kam eine Person ins Büro geplatzt, welche Florian als Dirks Vorgesetzten interpretierte.

„Dirk, komm mal zu einer Besprechung in mein Büro wegen dieser einen Sache."

„Ich will jetzt nicht mit dir darüber diskutieren", antwortete Dirk in einem leicht genervten Ton.

„Ich will auch nicht mit dir diskutieren. Ich will dir sagen was du zu tun hast.", konterte der andere.

Dirk schaute ihn etwas verdutzt an, während dieser fortfuhr. „Und macht nichts, wenn es schnell geht."

Mit diesen Worten verließ der andere dann das Büro auch wieder, ohne eine Reaktion von Dirk abzuwarten.

„Manchmal verhält der sich wie ein Arschloch, aber im Grunde ist er ganz nett", rechtfertigte Dirk den Auftritt des Kollegen vor Florian etwas verlegen und verließ dann das Büro.

Florian konnte das alles noch nicht richtig einordnen. Er nahm das erst mal so hin und beschäftigte sich dann weiter mit seinen Unterlagen.

Florian betrachtete die große Uhr, die an der von ihm aus gesehen linken Wand hing. Zwölf Uhr zwanzig zeigte sie an. Vor einer Minute zeigte sie noch zwölf Uhr neunzehn an. Die schien also richtig zu gehen.

Er schaute seit einiger Zeit jede Minute auf diese Uhr und beobachtete die drei anderen in seinem Büro. Diese schienen aber gar nicht zu reagieren und waren alle sehr vertieft in ihre Arbeit. Florian wurde dagegen bereits innerlich zerfressen vor Hunger.

Mittlerweile war es zwölf Uhr vierzig. Er konnte das Knurren seines Magens kaum noch kontrollieren. Und in diesem Moment machte sein Magen ein furchtbar lautes und für ihn etwas peinliches Geräusch, welches die anderen unvermittelt aus ihren Gedanken riss. Dirk schaute daraufhin hoch zu Uhr und sagte.

„Ach, schon so spät. Sollen wir mal was Essen gehen?"

„Sehr gerne.", entgegnete Florian etwas verlegen.

Dann machten sich alle auf den Weg in die firmeneigene Kantine.

Diese befand sich etwas entfernt in einem anderen Gebäudeteil. Man konnte sie zwar auch durch einen Weg innerhalb des riesigen Gebäudekomplexes erreichen. Aber der schnellste Weg führte die Gruppe zunächst nach draußen, über den gepflegten Campus und durch einen anderen Eingang wieder hinein.

An der Essensausgabe war nur noch eine kleinere Schlange. Die meisten Mitarbeiter saßen bereits mit ihren Speisen an den Tischen oder waren schon fertig und hatten die Kantine schon wieder verlassen.

Florian betrachtete die Auswahl an Gerichten von heute, welche an der Wand angeschlagen war, während sie sich anstellten. Zur Auswahl standen Nudeln mit Bolognese Soße, Currywurst mit Pommes sowie ein vegetarisches Gericht bestehend aus Reis und Gemüse.

Die ersten beiden Varianten waren beide gefährlich für Florians weißes Hemd, aber letzteres kam für ihn auch nicht in Frage, also entschied er sich für den Klassiker, die Currywurst.

Nachdem alle ihre Wahl getroffen und auch von dem etwas unfreundlich wirkendem Mann auf der anderen Seite des Tresens bekommen hatten, suchten sie sich einen freien Tisch. Scheinbar ergab es sich so, dass die Kollegen in der Regel entsprechend ihrer Abteilungszugehörigkeit zusammensaßen.

Da gab es die Vertriebler, die Marketingfritzen, die Logistiker, die feinen Herren und Damen aus der Buchhaltung, Personaler und so weiter.

An einem der Tische erkannte er die beiden Kollegen aus der IT wieder, die etwas abseits saßen und ein bisschen wie Außenseiter wirkten.

An einem anderen Tisch, so erklärte ihm sein Gegenüber, trafen sich die Führungskräfte aus dem mittleren Management und blieben meist unter sich. Das obere Management hingegen verirrte sich eigentlich so gut wie nie in die Kantine. Nur in seltenen Ausnahmefällen mal.

Als ein älterer, aber gutaussehender Mann an ihrem Tisch vorbeiging, stupste Florians Nebenmann ihn an.

„Das ist unser Casanova. Spitzname Benjamin Button."

„Wieso das?", fragte Florian etwas verwundert.

„Der ist schon ziemlich lange hier beschäftigt. Ganz am Anfang, als er noch ein gutes Stück jünger war, hatte er eine ältere Frau. Aber mit der Zeit, wurde er immer älter und die Frauen an seiner Seite immer jünger. Aktuell ist er wohl mit einer zusammen, die gerade Anfang zwanzig ist. Wirst Du dann wohl auf der nächsten Weihnachtsfeier sehen." Florian guckte dem Mann etwas nachdenklich hinterher. Der war bestimmt beinahe fünfzig. Aber scheinbar störte das einige junge Frauen nicht.

Nach dem gemeinsamen Mittagessen folgte noch eine kurze Zigarettenpause für die Raucher, in dem dafür vorgesehen Außenbereich beziehungsweise eine Dampfpause für die Dampfer oder wie auch immer man das nennen wollte. Florian war sich da nicht ganz sicher. Allerdings war es tatsächlich so, dass mittlerweile viele von der normalen Zigarette auf die elektronische Zigarette umgestiegen waren.

Obwohl die Gerätschaften, die manche Kollegen hervorholten, optisch nicht mehr viel mit einer Zigarette gemein hatten. Manche von den Dingern sahen aus, wie kleine Kraftwerke, mit einem kleinen Schornstein, den sich die Raucher dann in den

Mund steckten. Nach einem kräftigen Zug, teilweise begleitet von merkwürdigen Knackgeräuschen, wurden dann wiederum riesige Dampfschwaden ausgestoßen mit den unterschiedlichsten Gerüchen. Die Bandbreite reichte von einigermaßen normalen Geschmacksrichtungen wie Erdbeere oder Vanille bis hin zu ausgefallenen Sorten wie Döner.

Einer der Vertreter der E-Zigaretten hatte zufälligerweise, aber möglicherweise auch absichtlich, einen Handy-Ton mit dem Klang einer Dampflockpfeife. Wenn dieser sich also gerade einen Zug gönnte und gleichzeitig eine Nachricht auf sein Smartphone bekam, kam man sich vor wie auf einem altmodischen Bahnhof, in den gerade ein Zug einfuhr.

Darüber hinaus schien der Vorgang des Rauchens oder Dampfens durch die neue Technologie auch komplizierter geworden zu sein. Es war mehr Equipment erforderlich. Man musste immer darauf achten, dass der Akku zur Rauchpause aufgeladen war und Liquids konnte man sich selbst mischen, je nachdem wieviel oder wenig Nikotin man zu sich nehmen wollte und nach welchem Aroma es einen gerade verlangte. Wenn manch einer sein Zubehör dafür auf den Schreibtisch legte, sah es schon fast so aus wie in einer illegalen Drogenküche. Da kam man sich davor als würde man Walter White persönlich treffen.

Was für die Nichtraucher nur schwer nachzuvollziehen war, war für manche allerdings der Dampferhimmel. So etwas wie ein Hobby. Einen pragmatischen Nachteil des Dampfens bemerkte Florian jedoch. Es fehlte die feste Zeiteinheit. Eine Zigarette war schließlich nach einigen Minuten aufgeraucht. Eine E-Zigarette hielt so lange bis der Akku leer war. Das konnte schon ein paar Stunden dauern, sofern dieser voll aufgeladen war. Zum Glück gab es aber auch noch ein paar der normalen Raucher, nach denen man sich dann richten konnte.

Zurück im Büro musste Florian feststellen, dass ihm jemand ein Pornobild als Bildschirmhintergrund eingestellt hatte. Und wer weiß was sonst noch.

Es war ihm sehr unangenehm als Dirk das zufällig sah und er lief etwas rot an.

„Mach dir nichts draus.", sagte Dirk jedoch sehr gelassen. „Ich habe schon schlimmeres gesehen. Aber eine goldene Regel solltest du dir merken. Immer den Rechner sperren, wenn du den Raum verlässt. Sonst passiert sowas öfters. Das kann im Zweifel schon mal böse enden. Einmal haben sie einem Kollegen, der seinen Rechner nicht gesperrt hatte, eine osteuropäische Sex-Seite als Startseite im Browser eingestellt. Der hat das jedoch nicht bemerkt und hatte unmittelbar nach dem Mittag eine Präsentation mit externen Kunden und ein paar Leuten aus der Führungsetage. Er schloss sich mit seinem Laptop an den Beamer an, so dass alle seinen Bildschirm groß auf der Leinwand sehen konnten. Soweit war das dann kein Problem, bis sich eine Situation ergab, wo er was im Internet nachsehen sollte. Er öffnete also den Browser und den Rest kannst du dir dann sicherlich denken. Ich glaube er wurde danach in die Archivabteilung im Keller versetzt."

Florian musste schlucken und nahm sich vor immer daran zu denken den Rechner zu sperren, wenn er den Raum verließe. So etwas sollte ihm auf keinen Fall passieren.

Den restlichen Tag brachte Florian ohne weitere Komplikationen hinter sich. Obwohl er schon alle Aufgaben für heute erledigt hatte, wollte er nicht so früh gehen und vor allem nicht als erster. Also schlug er noch etwas Zeit tot und tat gleichzeig so als sei er noch ziemlich beschäftigt. Zum Glück war Solitaire nicht gesperrt.

Gegen 18:00 Uhr waren nur noch Dirk und er im Büro. Jetzt könne er sich auch allmählich verabschieden, dachte er und bedankte sich dann nochmals bei Dirk für den ersten Tag und seine Einführung. Das hatte er in einem Karriereratgeber als Ratschlag für den ersten Arbeitstag gelesen. Dann machte er sich auf den Nachhauseweg.

Auf dem Heimweg ließ er den Tag noch mal Revue passieren. Der Job war Klasse. Ein tolles Arbeitsumfeld, nette Kollegen und mehr Gehalt als vorher bekam er auch. Mit Jana lief es auch seit einiger Zeit super. Es schien wieder alles im Lot zu sein. Es ging wieder aufwärts mit ihm.

Kapitel 7 – Lehrgeld

Als Florian an diesem Abend zu Jana nach Hause kam, war er ziemlich geknickt. Er arbeitete nun bereits seit einigen Wochen in der neuen Firma und alles lief super bisher. Heute hatte er seinen ersten Auswärtstermin zusammen mit einem anderen Kollegen.

„Du siehst so bedrückt aus. Was ist denn los?" fragte Jana, die es sich bereits auf der Couch bequem gemacht hatte und sich eine Folge ihrer aktuellen Lieblingsserie ansah. „Lief dein Termin nicht so gut?".

„Nicht so gut ist gelinde gesagt. Ganz im Gegenteil sogar. Es lief beschissen. Und zwar so richtig.", antwortete dieser.

Jana pausierte den Fernseher und sagte:

„Dann entspann dich erstmal und erzähl mir ganz in Ruhe was passiert ist."

Florian entledigte sich zunächst mal seines unbequemen Anzuges und warf sich in sein gemütliches Abenddress. Dann holte er sich eine Flasche Bier aus dem Kühlschrank und setzte sich zu Jana auf das Sofa. Diese fing an ihm langsam die Schulterpartie zu massieren und Florian begann seine heutigen Erlebnisse zu schildern.

„Es fing schon damit an, dass wir zu spät bei dem Termin ankamen. Das lag aber nur daran, dass wir unterwegs nochmal einen Abstecher zu einer Bäckerei machen mussten, weil mein werter Kollege unbedingt noch was frühstücken musste und er es vorher nicht geschafft hat das zu Hause zu regeln. Das sei noch zu früh am Morgen gewesen, hatte er gemeint. Außerdem hat er mich die ganze Fahrt über genervt mit seiner komischen Musik, die er unbedingt hören musste. Der Kunde war davon natürlich überhaupt nicht begeistert und schon sichtlich genervt, als wir dann über eine halbe Stunde zu spät eingetroffen sind. Aber damit nicht genug. Dann hat er mir das Ganze in Schuhe geschoben und gesagt ‚Entschuldigen Sie die Verspätung, aber mein junger Padawan hier hat leider das Urheberrecht auf unsere Verspätung.'"

„Was? Das hat er nicht wirklich gesagt?", fragte Jana ihn etwas schockiert.

„Doch, hat er. Aber das war nur der Anfang. Danach ging es ja noch weiter."

Florian nahm noch einen großen Schluck aus der Flasche mit dem kühlen Gerstensaft, bevor er seine Erzählung fortsetzte. „Der Typ war überhaupt nicht vorbereitet auf den Termin und hat sich dabei geschickt aus der Affäre gezogen und mich dabei in die Pfanne gehauen."

„Wie das?".

„Als wir alle in dem Besprechungsraum Platz genommen haben, hat er mich angeguckt und mir gesagt ich solle die aufbereitete Präsentation für den Termin heute hervorholen und an die Wand schmeißen, die ich ja hätte vorbereiten sollen. Aber mir hat niemals jemand gesagt, dass ich eine hätte machen sollen. Dann hat er eine E-Mail aufgemacht, die er angeblich schon letzte Woche an mich gesendet hat mit einer entsprechenden Aufforderung dazu. Ich habe diese Mail aber nie bekommen. Auf seinem Bildschirm war auch nichts zu Sendeinformationen zu sehen, nur der Textinhalt, in dem er mich persönlich angesprochen hat. Das war ein abgekartetes Spiel."

„So ein Mistkerl.", unterbrach Jana seine Ausführungen und versuchte ihn mit ein paar sanften Küssen etwas zu beruhigen.

„Aber das schlimmste war, dass er gerade am Beamer hing, als er die angebliche Mail offen hatte und alle im Raum den an mich gerichteten Text lesen konnten, mit der Bitte die Präsentation für heute zu erstellen. Die haben alle gedacht ich sei ein totaler Vollhirni. Das war kein Zufall. Ich bin mir sicher, dass er das mit voller Absicht so gemacht hat." Jana musste Florian nun einmal in den Arm nehmen und dieser erwiderte ihre Zärtlichkeit und versenkte seinen Kopf für einen Moment in ihrem Dekolletee, löste sich jedoch umgehend wieder aus dieser Haltung.

„Und wie ging es dann weiter?", fragte Jana neugierig.

Florian griff nochmals zur Flasche und setzte zu einem weiteren Schuck an. Anschließend stellte er die Flasche wieder auf dem Tisch ab.

„Dann hat er sich als Held ausgespielt und eine ältere Präsentation ausgepackt. Er sagte, dass diese zwar schon älter sei und nicht so schön aufbereitet, aber die Kerninhalte stimmten noch. Und zur Krönung entschuldigte er sich nochmal bei denen und meinte, dass gutes Personal heutzutage leider nur sehr schwer zu finden sei und deutete dabei gleichzeitig in meine Richtung."

„Der Typ ist mir jetzt schon so was von unsympathisch.", versuchte Jana ihm beizustehen.

Sie war sehr mitfühlend. Oder zumindest konnte sie es gut vorgeben zu sein.

„Das war aber leider noch nicht alles. Der nächste Punkt auf der Tagesordnung war dann das gemeinsame Mittagessen in deren Kantine. Wir waren die ersten in der Schlange und es gab Rippchen. Ich war mir nicht sicher, ob das für das gemeinsame Essen mit den externen Kunden die richtige Wahl sei. Aber mein Kollege sagte direkt zu mir wir sollen doch die leckeren Rippchen nehmen und gab mir dabei einen aufmunternden Klapps auf den Rücken, als wir gemeinsam anstanden. Die Dinger sahen auch verdammt lecker aus. Da konnte ich einfach nicht wiederstehen. Also entschied ich mich dazu die Rippchen zu nehmen und ich nahm auch ausreichend Servietten mit, wegen der verschmierten Hände und für den Mund. Da ich als erster bedient wurde, suchte ich für uns schonmal einen freien Tisch und wartete dann auf die anderen."

„Das klingt ja erstmal nicht so schlimm. Was ist denn dann passiert?"

„Du glaubst ja gar nicht wie mich der Schlag getroffen hat, als dann einer nach dem anderen mit einer kleinen Portion Reis und Hühnchen ankam. Und ich saß da mit dem Teller voller Rippchen.

Ich hatte weder eine Chance mit Besteck zu arbeiten, noch konnte ich alles liegen lassen und den vollen Teller zurückbringen. Ich musste es also durchziehen und die Rippchen mit Handarbeit abnagen. Die waren in einer Barbecue-Sauce eingelegt. Sehr lecker, aber ich sah danach natürlich aus wie ein völlig verfressenes Schwein. Meine Tischnachbarn guckten mich alle komisch an und mein werter Herr Kollege sagte nur ‚Scheinbar macht Faulheit doch sehr hungrig' und lachte dabei so gehässig, wie ein Bösewicht aus einem Superheldenfilm."

„Sowas gibt es doch nicht. Was für ein Kollegenschwein.", Jana war mittlerweile emotional auch schon ziemlich entrüstet.

„Die ganze Situation war mir mittlerweile schon so unangenehm. Ich wäre am liebsten im Boden versunken. Wenn es kein geplanter Prank gewesen wäre, dann hätte ich mich gefühlt wie Luke Mockridge bei seinem Auftritt im Fernsehgarten."

„Oh je. Das ist ganz schön hart. Du hast ja schon dein Bier leer. Warte ich hole dir noch ein neues. Ich glaube das kannst du jetzt auch vertragen."

Jana verschwand in der Küche und brachte Florian noch eine Flasche. Und sie hatte natürlich Recht. Florian konnte das jetzt wirklich vertragen.

Als sie ihm die neue Flasche reichte, bedankte er sich und nahm einen kräftigen Schluck.

„Leider hat die Geschichte aber noch eine Schlusspointe."

„Oh Gott. Was kommt denn jetzt noch?"

„Als wir nach dem Mittag irgendwann durch waren mit dem Termin und aufbrechen wollten, war ich schon ziemlich durch. Ich hatte innerlich resigniert, war frustriert und wollte einfach nur noch nach Hause. Die anderen waren alle bereits rausgegangen und wir waren gerade allein in dem Raum für den Moment. Mein Kollege stand gerade auf der anderen Seite des großen Konferenztisches und bat mich das Handy was neben mir lag einzustecken. Das wäre seins hatte er behauptet. Ich habe nicht weiter darüber nachgedacht und tat das dann auch.

Als wir uns dann kurz danach verabschiedeten und gehen wollten, sagte er nur vor versammelter Mannschaft ‚Ähm, Florian. Ich will dich ja jetzt nicht bloßstellen und das war bestimmt nur ein Versehen. Aber ich habe vorhin beobachtet, wie du das Handy vom Herrn Doktor Winkelmann eingesteckt hast.'

Alle guckten mich entsetzt an und in dem Moment fiel mir beinahe die Kinnlade runter. Damit habe ich nicht gerechnet. Ich war nicht mal in der Lage mich zu rechtfertigen. Ich stotterte nur irgendeinen Mist vor mich hin. Eine richtige Erklärung brachte ich aber in dem Augenblick nicht zu Stande.

Wie der Zufall so will klingelte das Handy dann auch noch in meiner Hosentasche. Der Klingelton war natürlich kein Standardton, sondern ein sehr spezieller Song. So speziell, dass die ganze Sache extrem blöd aussah für mich. Das muss wohl dieses berühmte Gesetz von diesem Murphy sein, von dem immer alle reden.

Dann war ich natürlich gezwungen das Handy raus zu holen. Die haben mich dabei alle angestarrt. Deren Blicke haben mich regelrecht durchbohrt. Ich konnte richtig den Hass spüren, der in der Luft lag. Der Vollidiot, der nichts auf die Reihe kriegt, alles falsch macht und am Ende auch noch klaut. Was für eine Katastrophe."

„Hast du den Typen denn danach wenigstens zur Rede gestellt?"

„Naja, ich habe es versucht. Als ich ihm im Auto fragte was das alles sollte, da wurde der noch richtig aggressiv. Er hat gesagt ich solle hiervon bloß nichts in der Firma erzählen, sonst würde ich es noch bereuen. Ich habe ihn gefragt, ob er mir drohe und er hat nur geantwortet ,Das ist keine Drohung, sondern nur eine Orientierungshilfe für dein Verhalten'. Ich war da schon so perplex von der Situation, dass ich nichts weiter mehr sagen konnte. Ich war nur froh, als ich endlich wieder raus war aus dem Auto und weg konnte von dem Psychopaten."

„Du armer. Das musst du morgen aber mit deinem Chef drüber sprechen. Nachher kommt diese Geschichte noch in der falschen Version zu Tage und dann stehst du da als der Depp."

„Ja, da hast du wohl recht. Das werde ich machen. Ich spreche erstmal mit Dirk, meinem direkten Vorgesetzten und dann sehen wir weiter."

Jana nahm ihn liebevoll in den Arm und spendete ihm Trost. Das war irgendwie ein merkwürdiges Gefühl. Lisa hat das genauso auch immer gemacht früher, wenn er schlecht gelaunt oder traurig war. Oder beides. Das erinnerte ihn an vergangene Tage. An schönere Zeiten.

Kapitel 8 – Repeat

Beep. Beep. Beep. Das nervendurchdringende Geräusch des Weckers riss Florian aus seiner Tiefschlafphase. Er fühlte sich wie gerädert. Er konnte die ganze Nacht über nicht einschlafen und gerade als er es geschafft hatte, klingelte schon wieder dieses technische Gerät des Grauens.

Seine Gedanken kamen nicht zur Ruhe. Er musste die ganze Zeit über an die Vorfälle des vergangenen Tages denken. Und, obwohl er nicht genau wusste wieso, auch an Lisa. Vielleicht hatte er die ganze Geschichte tatsächlich noch nicht richtig verarbeitet. Vielleicht war das mit Jana viel zu schnell gegangen. Schließlich war das alles noch nicht so lange her und mittlerweile wohnte er schon fast bei Jana. Er musste hart auf die Bremse treten. Wenn das was werden sollte, mussten sie es langsamer angehen. Sich erstmal richtig kennenlernen und ihre Vergangenheit abschließen. Janas Trennung war schließlich auch noch nicht so lange her. Und bei den beiden hatte sich dieser Typ von ihr getrennt und nicht sie von ihm.

Sie hat ihn, Gott weiß wieso, geliebt. Vielleicht wegen der teuren Geschenke und eines Lebens im Luxus, dachte Florian und grinste sich dabei selbst im Spiegel an, während er sich die Zähne putzte. Aber genug jetzt davon. Jetzt musste er sich erstmal fertig machen und dann möglichst schnell dieses furchtbare Thema von gestern klären.

Er wollte vermeiden, dass ihm das später in irgendeiner Weise negativ nachhängt. Heute Abend würde er dann ganz in Ruhe mit Jana darüber sprechen. Sie würde das sicherlich verstehen. Möglicherweise hatte sie ja bereits ähnliche Gedanken, die sie bisher nur noch nicht mit ihm geteilt hatte.

Als Florian in der Firma ankam, waren die meisten bereits da. Auf dem Weg in sein Büro am Ende des Flures, kam er wie jedem Morgen an zwei komischen Vögeln vorbei, wie er fand. Die beiden hatten es sich wohl zum Hobby gemacht sich gegenseitig mit Musik zu quälen. Jeder von beiden dürfte abwechselnd die jeweilige Musikauswahl des Tages bestimmen und der jeweils andere musste dann damit leben. Dröhnte an einem Tag noch der härteste Heavy Metal aus dem Raum, konterte der Kollege am darauffolgenden Tag mit derben deutschen Gangster Rap begleitet von gewaltverherrlichenden und frauenfeindlichen Texten.

Besonders schlimm war es einmal als einer der beiden auf die glorreiche Idee kam einen Schlagermarathon mit Helene Fischer, Florian Silbereisen und der ganzen Bagage zu veranstalten.

Allerdings war die Frauendichte an diesem Tag besonders hoch in deren Büro. Zufälligerweise hatten die weiblichen Mitarbeiterinnen gerade an diesem Tag wohl besonders viele Fragen oder Dinge, die es abzustimmen gab.

Florian konnte jedoch nicht nachvollziehen, was die beiden damit bezwecken wollten. Auf Dauer würde man dadurch doch irgendwann einen Knall kriegen, dachte er sich. Aber das konnte ihm egal sein.

Er saß glücklicherweise in einem Büro, das weit genug weg war. Somit war er nicht in Hörweite.

Dirk war noch nicht da, also entschloss sich Florian zunächst mal mit einem koffeinhaltigen Heißgetränk auszustatten und machte sich auf den Weg in die Kaffeeküche.

Dort traf er auf die beiden anderen Mitglieder seines Teams, die sich dort gerade unterhielten.

„Hast du gehört, was der Müller gestern gebracht hat?", fragte der eine.

„Nein, habe ich noch nicht mitbekommen", antwortete der andere.

„Gestern war wohl das ganze Geschirr schmutzig und der Müller hat alles in die Spülmaschine eingeräumt. Das ist ja eigentlich das Hoheitsgebiet von den Damen aus der unteren Etage und die reagieren ja immer ganz komisch, wenn man da selbst was machen möchte. Auf jeden Fall ist er dann runter und hat nachgefragt, ob die einen Tab für die Spülmaschine rausrücken könnte.

Wie erwartet haben die natürlich negativ darauf reagiert. Haben ihn so hingestellt, als sei er zu blöd eine Spülmaschine zu bedienen und haben mehrfach nachgefragt, ob er das wirklich selbst machen möchte. Ansonsten würden sie sich später darum kümmern. Der Müller wollte sich da natürlich nicht die Blöße geben und einen Rückzieher machen und hat darauf bestanden, worauf die Damen dann irgendwann nachgegeben haben.

Er ist also dann wieder nach oben gegangen und hat die Spülmaschine gestartet. Als die irgendwann fertig war, hat er sie natürlich auch wieder ausgeräumt. In dem Moment kamen dann zufällig die Damen vorbei, die sich vorher so angestellt haben. Der Müller kam im gleichen Augenblick aus der Küche gelaufen und rief dann verzweifelt zu denen rüber, dass bei dem Spülgang wohl etwas schiefgelaufen sei. Die beiden Damen hechten also rüber in die Küche mit dem Satz ‚Siehst du. Habe ich dir doch gesagt, dass der das nicht auf die Kette kriegt.' auf den Lippen.

Als sie ihn fragen, was den passiert sei, sagt der Müller nur, er habe wohl das falsche Spülprogramm gestartet und jetzt ist das ganze Geschirr eingelaufen.

Die beiden gucken sich nur ungläubig gegenseitig an, als ob er nicht mehr alle hätte. Aber er zeigt dabei auf die Ablage, wo was von dem Geschirr stand und sagte. ‚Doch. Seht ihr die Kaffeetassen. Die sind alle eingelaufen.' Die beiden gucken auf die Ablage, wo der Müller die Espressotassen hingestellt hatte. Und als die eine grade sagen wollte, dass sie sich auch alleine verarschen könnten, macht die andere einen Schritt auf die Ablage zu, schaut sich die Tassen an, dreht sich um und sagt dann erstaunt ‚Wie kann das denn passieren? Ist die Spülmaschine kaputt oder was ist da los.' Die andere guckt verdutzt den Müller an und schüttelt schmunzelnd den Kopf."

„Das hat sie nicht wirklich gesagt?", fragte Florian.

„Doch, doch. Das haben einige live mitbekommen. Wahre Geschichte", entgegnete der Kollege und lachte dabei so heftig, dass er sich beinahe an seinem Kaffee verschluckte.

Der dritte im Bunde sagte nichts und gestikulierte nur eine Gesichtspalme.

Mit frisch gebrühten Kaffee kamen die drei zurück in ihr gemeinsames Büro. Dirk war noch immer nicht anwesend. Seltsam, dachte Florian. Normalerweise war er um diese Zeit doch schon längts da. Die anderen beiden wussten auch nicht, wo er steckte. In dem Moment wurden sie durch das Geräusch einer eingehenden E-Mail unterbrochen. Vom Chef. Florian sollte sich jetzt in dessen Büro einfinden.

Was hatte das denn jetzt zu bedeuten? Diese Frage konnte sich Florian aber ohnehin nicht selbst beantworten. Das würde er erst herausfinden, wenn er hinginge. Also machte er sich auf den Weg in das Büro des Chefs, welches zwei Etagen über seinen lag.

Florian war ganz flau im Magen als er die Tür öffnete und den großläufigen Raum betrat. Anwesend waren sein Chef, Dirk sowie dessen direkter Vorgesetzter und alle starrten Florian an. Empfangen wurde er nicht mit einem ‚Nehmen Sie doch bitte Platz', wie man es üblicherweise erwarten konnte, sondern mit ganz anderen Worten von seinem Chef.

„Sind Sie noch ganz bei Trost? Haben Sie mal Ihren Weihnachtsschmuck überprüft, denn offensichtlich hängen bei Ihnen nicht mehr alle Kugeln am Christbaum. Vielleicht wollen Sie ja lieber mal kurz zum Baumarkt, denn Sie haben offensichtlich nicht mehr alle Latten am Zaun."

„Das reicht jetzt Martin.", unterbrach ihn Dirks Vorgesetzter und fuhr dann selbst fort.

„Was haben Sie sich nur dabei gedacht? Wir wurden über Ihren gestrigen Auftritt beim Kunden informiert."

Offensichtlich war Florians Kollege ihm zuvorgekommen, aber er wollte bei dieser Geschichte nicht schon wieder ins Hintertreffen geraten, hakte sofort ein und suchte sein Heil im Angriff.

„Ich kann Ihnen genau erklären wie das alles gelaufen ist. Das ist nämlich nicht so wie der Kollege Achtenmeyer behauptet."

Florian erzählte den drei Männern die Ereignisse des gestrigen Tages in etwa genauso, wie er sie noch am Vorabend Jana erzählt hatte. Der einzige Unterschied war, dass er dabei nicht gemütlich auf der Couch saß und ein Bier sowie die sanfte Massage einer schönen Frau genoss. Eher fühlte er sich als ob er gerade auf dem heißen Stuhl säße. Er erwähnte in seinen Erzählungen zwar nicht jedes Detail, aber die Kernpunkte kamen trotzdem rüber.

Nachdem er seine Ausführungen beendet hatte, ließ er seinen Blick durch die Runde schweifen, um eine Reaktion erahnen zu können. Allerdings blieben deren Minen regungslos. Keiner ließ sich auch nur irgendetwas anmerken. Florian kam sich vor wie bei der Texas Hold'em World Series. Bloß nicht das Pokerface ablegen.

„Das ist sehr interessant.", brach dann endlich sein Chef das Schweigen. „Es gibt da nur ein kleines Problem."

Auf Florians Stirn wandelte sich das Ausrufezeichen in ein Fragezeichen. Wieder starrten ihn alle an.

„Der Herr Achtenmeyer hat überhaupt nichts behauptet."

Das Fragezeichen auf Florians Stirn verdreifachte sich auf einen Schlag.

„Ich habe mit dem Herrn Doktor Winkelmann gesprochen. Der hat sich bei mir gemeldet. Wir kennen uns privat vom Golfplatz und sind ganz gut befreundet. Er rief mich jedenfalls an und hat sich explizit über Sie respektive ihr Verhalten beschwert. Nicht genug damit, dass Sie sich bei einem unserer Kunden benommen haben wie die letzte Wildsau im Wald. Jetzt versuchen Sie auch noch alles Ihrem Kollegen in die Schuhe zu schieben. Ein größeres Maß an Unkollegialität habe ich selten erlebt."

Die drei Fragezeichen mutierten zu einem SOS und Florian schaute hilfesuchend rüber zu Dirk. Doch der schaute nur enttäuscht runter zum Boden und sagte nichts.

„Zum Glück für uns befinden Sie sich noch in der Probezeit. Damit ist es kein Problem ihr Arbeitsverhältnis mit sofortiger Wirkung aufzulösen. Wir werden diese ganze Geschichte mit Ihnen mal als ein großes Missverständnis verbuchen. Die technische Ausrüstung, die Sie von uns erhalten haben, geben Sie bitte bei der IT ab. Ihre Unterlagen, können Sie sich in der Personalabteilung abholen. Und jetzt verlassen Sie mein Büro. Ich habe nämlich absolut keine Lust ihre Visage hier noch länger sehen zu müssen."

Florian überkam in diesem Moment das Gefühl eines Dejavu. Wie konnte das sein, dass immer alles gegen ihn lief? Er war doch weder blöd noch unsympathisch. Eigentlich ein netter Kerl. Und er hatte was auf dem Kasten. In der Firma war doch alles super. Wieso musste er ausgerechnet an den einen Typen geraten, der ihn so dermaßen in die Pfanne haut. Dabei fing es gerade an, dass alles wieder in die richtigen Bahnen zu laufen schien. Aber aus irgendeinem Grund hatte ihm das Schicksal auf dem Kicker. So als hätte der Teufel mit Gott eine Wette am Laufen, wer ihn als erster fertig machen würde.

Geknickt und resigniert verließ Florian das Büro und tat so wie ihm geheißen wurde. Er gab seine IT-ausrüstung ab und holte seine Unterlagen aus der Personalabteilung. Dann verabschiedete er sich von seinen Kollegen, mit denen er sich bis gerade eben noch das Büro geteilt hatte.

Von Dirk gab es keine Worte des Abschieds. Nur einen festen Händedruck, der sich anfühlte, als wollte er ihm dabei die Hand brechen.

Auf dem Nachhauseweg war ihm nur noch etwas Galgenhumor geblieben. Wenn ich jetzt nach Hause komme und Jana mit einem anderen Typen im Bett erwische, schmeiße ich mich vor einen Zug, dachte er bei sich und lachte innerlich vor Verzweiflung mit dem Wunsch, dass dies dann bitte doch nicht passieren solle. Man soll das Schicksal ja nicht herausfordern.

Die Befürchtung, die er auf dem Weg nach Hause geäußert hatte, war von ihm zwar nicht ganz ernst gemeint gewesen, aber dennoch schaute er zunächst sehr zögerlich in alle Räume, der kleinen Dreizimmerwohnung. Man weiß ja nie.

Jedoch blieben seine Befürchtungen unbegründet. Niemand war da. Auch nicht Jana selbst.

Also schmiss er sich erstmal vor den Fernseher und wartete auf sie. Nach einiger Zeit und ein paar Folgen von Familien im Brennpunkt - Florian wusste selbst nicht genau warum er das eigentlich guckte – hörte er, wie sich die Haustüre öffnete. Es war Jana.

Florian fiel sofort die schicke Uhr an ihrem Handgelenk auf, die so schön glänzte. Die musste wohl neu sein, denn er hatte sie noch nie gesehen, soweit er sich erinnern konnte. Aber das überraschte ich nicht. Jana kaufte sich ständig neue Sachen. Das schien beinahe so eine Art Zwang zu sein.

Dann begrüßten sich die beiden, so wie sie es jeden Abend taten, wenn sie abends nach Hause kamen.

Jana setzte sich zu ihm auf das Sofa. Dabei starrte sie mit einer gewissen Leere auf den laufenden Fernseher. Sie sah aus als bereitete sie sich innerlich auf irgendetwas vor. Als sei sie in Gedanken auf der Suche nach den richtigen Worten, die sie jedoch nicht fand.

Dann drehte sie sich zu ihm.

„Ich weiß nicht wie ich dir das am besten sagen soll."

Florian musste schlucken.

„Sag jetzt bloß nicht, dass du schwanger bist. Vorher muss ich dir nämlich etwas sagen. Genaugenommen sind es zwei Dinge."

Die Gedanken in Florians Kopf überschlugen sich in diesem Moment. Eigentlich wollte er ihr ja sagen, dass er es etwas langsamer angehen wollte. Einen Gang zurückschalten. Außerdem musste er ihr noch mitteilen, dass er seinen Job verloren hatte. Wieder einmal.

Ein gemeinsames Kind passte zum jetzigen Zeitpunkt so gar nicht. Absolut nicht.

Doch das war es nicht, was Jana so schwer auf dem Herzen lag. Aber diese Tatsache konnte Florian keine Erleichterung verschaffen. Denn die Alternative war keines Falls besser gewesen.

Florian war nicht mehr in der Lage alles aufzunehmen, was sie ihm sagte. Er hatte schon so viel Scheiße fressen müssen. Seine Seele war bereits so sehr gepeinigt, dass er einfach nur dasaß, zuhörte und nur Bruchstücke wahrnahm, von dem was sie ihm zu sagen versuchte.

Sätze wie:

„Wir haben uns nochmal getroffen und ausgesprochen.", „Wir lieben uns und wollen uns nochmal eine Chance geben" und „Siehst du diese wunderschöne und sau teure Uhr, die er mir geschenkt hat.".

Mit uns meinte sie im Übrigen den arroganten Schnösel Hans-Martin. Mr. Geldsack persönlich. Das konnte doch wohl nicht wahr sein. Hatte er sich denn so in ihr getäuscht. Hatte er nicht bemerkt, dass sie einfach nur eine von denen war, die fixiert auf die materiellen Dinge war und sich so einfach mit einer teuren Uhr kaufen ließ.

Zugegeben, die war schon sehr teuer. Andere Menschen hätten sich davon vielleicht einen Kleinwagen kaufen können. Aber trotzdem.

Und wieso passierte ihm die gleiche Kacke denn schon wieder. Als hätte einfach nur jemand den Repeat-Knopf gedrückt und alles wiederholte sich einfach. Allerdings nur die schlechten Dinge, nicht die Guten.

Zu guter Letzt verpasste sie ihm dann noch den endgültigen Knock-Out mit einem gezielten Schlag in die Fresse.

„Das mit uns war sehr schön. Aber es war doch nicht mehr als eine Affäre. Und wir können ja auch weiterhin noch befreundet bleiben."

So unterschiedlich können Wahrnehmungen sein, stellte Florian fest. Und damit hatte er seinen nächsten Tiefpunkt erreicht. Für ihn fühlte es sich so an, als sei er schlimmer abgestürzt als die SPD.

Aber er hoffte, dass er sich dann doch irgendwann wieder davon erholen würde und es nochmal besser laufen würde. Im Moment war er davon noch weit entfernt. Jetzt fühlte er sich noch wie ein Boxer, der den Boden küsste.

Kapitel 9 – Der große Panini

Als wäre es nicht genug gewesen, dass das Leben Florian rechts überholt hatte und ihm dabei den Mittelfinger rausgestreckt hat. Nachdem es so getan hat, als wolle es ihm die Hand reichen und ihm wieder auf die Beine helfen, ließ es die Hand halb im Aufstehen wieder los, so dass Florian wieder unsanft auf dem Hintern landete. Er fühlte sich als hätte ihn das Leben gefickt, sich danach nicht mehr gemeldet, nach einer zufälligen Begegnung dann nochmal gefickt und ihn dann endgültig abgeschossen.

Nun war er ganz unten angekommen. Und das nicht nur im übertragenen Sinne, sondern auch wortwörtlich. Denn da er quasi schon bei Jana wohnte, hatte seine Schwester und ihr Mann in der Zwischenzeit damit begonnen deren Gästezimmer zu renovieren.

Und als Florian nun am Boden zerstört wieder zurückkehrte, musste er notgedrungen sein neues Quartier auf einer Matratze im Keller beziehen. Als wäre ich in Österreich, dachte Florian bei sich. Seinen politisch unkorrekten Humor, hatte er immerhin noch nicht verloren. Aber er musste nehmen was er bekam. Am

Ende war er froh, dass er überhaupt irgendwo einen Unterschlupf fand.

Jana, Hans-Martin, Lisa, sein bester Freund Markus. Der Anwalt, der es gewagt hatte, ihn mit seiner eigenen Freundin zu betrügen. Die konnten ihn alle am Allerwertesten lecken, so wie einst diesen Götz von Berlichingen. Sollten die doch alle zur Hölle fahren und sich vom Beelzebub mit dem Dreizack in den Hintern piksen lassen. Und zwar mit allen drei Zacken gleichzeitig. Und auf dem mittleren wäre garantiert kein Gleitmittel drauf.

Florian wälzte sich auf seiner Matratze in dem dunklen Kellerraum hin und her. Er fühlte eine Kälte in ihm. Als wäre die dunkle Seite der Macht ihm nahe. Er war müde. Unvorstellbar müde. Er beschloss erstmal zu schlafen. Morgen würde er dann überlegen wie es weitergeht.

Am nächsten Morgen setzte sich Florian nach dem Frühstück in sein Auto und machte sich auf den Weg zu einem etwa siebzig Kilometer entfernten kleinen Ort namens Busenhausen. Er war nun erwachsen genug nicht mehr über so einen Ortsnamen zu kichern, aber er kam doch etwas ins Stocken, als er die vollständige Adresse in das Navigationsgerät eingeben wollte.

Die Straße hieß „Am Fötzchen". Florian musste nun doch etwas schmunzeln und fragte sich was ein Anwohner bei einer Brandmeldung dem Feuerwehrmann wohl antwortete, wenn der fragt wo es denn brennt.

Aber er verdrängte diesen Gedanken schnell wieder, denn nach Lachen war ihm eigentlich nicht zu Mute. Er sollte dort für seine Schwester lediglich eine Kommode abholen, welche sie günstig bei einem Kleinanzeigenportal erworben hatte. Die Alternative wäre gewesen, dass er wieder die Einkäufe im Supermarkt übernähme. Aber das letzte Mal hatte ihm gereicht. Das musste er nicht nochmal haben. Die ganzen komischen Gestalten, die er dort träfe. Zu einem wildfremden Menschen viele Kilometer weit zu fahren und dort eine Kommode abzuholen, welche diese Person über das Internet verkaufte, konnte bestimmt nicht so schlimm werden. Daher entschied er sich für diese Aufgabe.

Auf der Fahrt über die eintönige Landstraße, hatte Florian die Möglichkeit seinem Leben für einen Moment zu entfliehen. So kam es ihm zumindest vor. Er drehte das Radio auf und lauschte gedankenlos der Musik, die aus den Lautsprechern dröhnte. Heutzutage hört sich auch jedes Lied gleich an, dachte er bei sich.

Das gleichklingende monotone Grundrauschend des Radios wurde zwischendurch nur kurz unterbrochen von Nachrichten, Werbeanzeigen und Moderatoren, die vermutlich die einzigen waren, die sich für witzig hielten. So wie der eine, der darauf hinwies, dass die Check24-Familie Insolvenz angemeldet hatte, weil sie nun doch zu viele Kredite aufgenommen hatte und sie darauf aufmerksam gemacht wurden, dass günstige Zinsen nicht davor bewahren die Kredite auch irgendwann zurückzahlen zu müssen.

Florian war es leid. Er wollte nichts mehr hören von singenden Steinen oder dem ewigen Gladbach-Fan, der im Stadion mitgrölte. Eigentlich wollte er von niemanden mehr etwas hören. Von keinem Menschen mehr. Alle hatten ihn enttäuscht oder verletzt. Nur ein bisschen Familie war ihm noch geblieben. Wo sollte das bloß enden?

Nach etwa zwei Stunden erreichte er seinen Bestimmungsort mit den Worten „Sie haben ihr Ziel erreicht", von der weichen, roboterartigen Stimme, die aus dem Navigationsgerät schallte.

Die meiste Zeit der Fahrt über, musste er über die Landstraße fahren und er hatte dieses eine Auto vor sich, das sich mit einer

Höchstgeschwindigkeit irgendwo in dem Bereich zwischen fünfzig und sechzig fortbewegte und scheinbar genau zu derselben Adresse wollte wie Florian. Und auf der gesamten Strecke ergab sich keine Möglichkeit einen Überholversuch zu unternehmen, ohne risikotechnisch in Bezug auf einen tödlichen Unfall ‚All In' zu gehen, wie die Pokerspieler zu sagen pflegen.

Somit brauchte er für die Strecke etwas länger, als wenn er freie Fahrt gehabt hätte.

Florian fand sich wieder vor einer großen Altbauwohnung, welche von zwei etwas moderneren Mehrfamilienhäusern umzingelt war. Das Gebäude an sich war schmaler als die beiden angrenzenden Neubauten. Die Fassade war jedoch einem hellen Rot-Ton gehalten mit vielen kleinen weißen Stuckbesetzungen und Verzierungen. An den bodentiefen Fenstern waren französische Balkone angebracht. Dadurch setzte es sich deutlich von den anderen Gebäuden ab. Es war vermutlich das letzte Überbleibsel einer anderen Zeitpoche. Ein Stück Romantik als Oase in der alles verschlingenden Betonwüste.

Die Wohnung selbst war ein Kompromiss aus Altem und modernen Elementen. Die hohen Decken und der urige Holzfußboden vermittelten ein wohliges Gefühl. In einigen Räumen befanden sich massive große Holzmöbel, die genauso gut in einem Antiquitätenladen hätten stehen können. Auf der anderen Seite war die Wohnung mit der modernsten Technik ausgerüstet. Vom Fernseher, über die Stereoanlage bis hin zum Fotoequipment, welches offenkundig auf einem Schreibtisch platziert war. Sogar ein alter Plattenspieler fand sich dort neben einer wohlgeordneten Schallplattensammlung. Die leise Hintergrundmusik wurde allerdings über ein brandneues Macbook gesteuert.

Der Vollbartträger mit dem karierten Hemd plus Fliege, den Hosenträgern und der großen Brille im Gesicht, scheute sich nicht davor Florian alles zu zeigen. Auf ihrem Rundgang kamen die beiden an einer verschlossenen Türe vorbei. Der komische Vogel, der sich Florian als Vincent vorgestellt hatte – mit französischer Aussprache des Namens – erklärte ihm, dass dies das Zimmer ihres ältesten Sohns sei. Auf der Tür war der Name in Form von Holzbuchstaben angebracht. Matt-Eagle stand dort geschrieben. Ob sie ihn wohl als Vegeterrier erziehen, fragte sich Florian ironisch und musste leicht schmunzeln.

Einen Raum weiter schien das Kinderzimmer der Tochter zu sein. Auch hier waren wieder Holzbuchstaben zur Identifikation des entsprechenden Bewohners angebracht. Ihr Name war demzufolge Lille, schlussfolgerte Florian, wobei er sich nicht ganz sicher war, ob sich dort nur ein Rechtschreibfehler eingeschlichen hatte oder ob das ihr echter Name war. Aber schon die Namensgebung des Jungen ließ die zweite Variante durchaus realistisch erscheinen.

Auf der nächsten Türe, die sie passierten, stand ‚Aufnahmestudio' geschrieben.

„Hier verdienen meine Frau und ich uns etwas Geld dazu.", erklärte Vincent die Funktion dieses Raumes.

Die Tür war halb geöffnet und Florian wagte einen Blick hinein. Dort befanden sich eine schwarze Ledercouch, ein Schreibtisch, auf dem verschiedene Utensilien lagen, die Florian im Einzelnen aber nicht genau erkennen konnte. Eine Kamera, zwei Scheinwerfer und eine grüne Leinwand hinter der Couch.

Florian hatte direkt einige Assoziationen im Kopf und errötete leicht bei der Vorstellung, was die beiden da wohl filmen würden.

Als Vincent den schamvollen Blick von Florian wahrnahm, intervenierter dieser jedoch sofort.

„Nein, nein. Nicht das was du jetzt denkst. Meine Frau und ich betreiben einen Youtube-Kanal, in dem wir verschiedene Produkte testen und bewerten. Wir haben auch schon einige Abonnenten. Es reicht zwar noch nicht, um damit reich zu werden, aber es ist immerhin ein netter Zuverdienst."

Florian fühlte sich zwar bei einem schmutzigen Gedanken ertappt, war aber froh, dass es eine andere plausible Erklärung für dieses Zimmer gab.

Zu guter Letzt wurde Florian noch das Badezimmer vorgeführt. Er hatte zwar schonmal was von freistehenden Badewannen gehört, aber freistehende Toiletten waren ihm fremd. Theoretisch würde das vermutlich alles richtig funktionieren so, aber in der Praxis konnte sich Florian nicht vorstellen so sein Geschäft zu verrichten. Da hatte man doch die ganze Zeit das Gefühl, dass hinter einem etwas sei und man hätte den stetigen Drang sich umzudrehen.

Florian nickte Vincent mit vorgetäuschter Bewunderung zu, in der Hoffnung dann endlich weitergehen zu dürfen.

Im Anschluss an die kleine Hausführung kamen sie nun endlich zu dem eigentlichen Grund von Florians Anwesenheit. Die altmodische Kommode befand sich im Schlafzimmer. Neben dem Wasserbett, dem großen Fernseher, einem Gemälde an der Wand, welches Vincent und vermutlich seine Frau in aufreizender Pose und Kleidung darstellte, fiel ihm auch der große Spiegel ins Auge, der über dem Bett an der Decke hing.

So könnte ich nicht schlafen, dachte Florian sich. Aber es war ihm auch egal. Diese Familie schien in jeglicher Hinsicht irgendwie anders zu sein. Er wollte diese Sache jetzt einfach nur schnell erledigen und dann auf direktem Weg wieder nach Hause fahren.

Wobei nach Hause relativ war. Im aktuellen Kontext bedeutete es zurück in den dunklen Keller im Haus seiner Schwester. Aber menschenleere dunkle Zimmer waren ihm im Augenblick sowieso lieber.

Zu zweit schafften sie es die Kommode, die schwerer war als sie aussah, durch das enge Treppenhaus nach unten zu befördern. Mit umgeklappten Sitzen passte sie so grade ins Auto. Es war Maßarbeit. Nachdem Florian das vereinbarte Geld übergeben und sich von Vincent verabschiedet hatte, stieg er ein und fuhr los.

Ein seltsamer Ort. Eine seltsame Familie, dachte er während er noch in den Rückspiegel guckte. Im gleichen Moment begann Vincent damit die Büsche vor dem Haus zu schneiden. Dann verließ er die Straße Am Fötzchen und bewegte sich in Richtung Norden zum Ortsausgang von Busenhausen, vorbei an den beiden großen Hügeln, auf denen eine Gruppe von Kindern ausgelassen spielten.

Auf dem Rückweg war Florian in Gedanken vertieft. Er dachte an Jana und Lisa. Zwei Frauen, die er mochte, die er vielleicht liebte. Und beide hatten sie ihn unendlich tief verletzt.

Hatte er sich vielleicht falsch verhalten? Hatte er in einem früheren Leben möglicherweise irgendetwas verbrochen, dass er jetzt vom Universum auf diese Weise bestraft wurde? Hatte er irgendeinen Gott beleidigt? War es am Ende sogar seine eigene Schuld, dass das alles passiert war?

Es war alles so verwirrend. Dann erblickte er auf der Straße weiter vorne jede Menge Bremslichter. Na toll. Stau. Das hatte ihm jetzt noch gefehlt.

Florian befand sich doch schon am tiefsten Punkt. Am Mariannengraben der menschlichen Enttäuschungen. Kann es denn noch schlimmer für mich kommen, fragte er sich selbst.

Noch bevor er diesen Satz zu Ende gedacht hatte, gab es einen lauten Knall.

Florian riss es ruckartig nach vorne. Der angelegte Sicherheitsgurt bremste die Ruckbewegung in Richtung Lenkrad jedoch unmittelbar ab.

Was war passiert? Wegen der Kommode hinter ihm, die ebenfalls ruckartig nach vorne gerutscht war, jedoch von den Vordersitzen gestoppt wurde, konnte er nach hinten raus nicht viel sehen. Deshalb stieg er aus. Als er sah was geschehen war, wurde damit seine vorausgegangene rhetorische Frage beantwortet. Klasse. Auffahrunfall.

Als der Fahrer des aufgefahrenen Autos ausstieg, staunte Florian nicht schlecht.

Der Typ hatte einen langen weißen Bart, welcher vermutlich nur angeklebt war, einen langen schwarzen Umhang und einen großen Spitzhut auf dem Kopf. Er sah aus wie ein Gandalf, dache Florian bei sich.

Jetzt schien das Schicksal sich auch noch über Florian lustig zu machen. Er wartete nur darauf, dass gleich noch Frodo aussteigen würde.

„Oh mein Gott, oh mein Gott, oh mein Gott. Das tut mir schrecklich leid. Ich weiß auch nicht wie das passieren konnte.", fing der Typ sofort an los zu brabbeln.

„Wissen sie ich bin Zauberer und muss dringend zu einem Auftritt. Es läuft gerade beruflich nicht so gut bei mir und ich kann es mir nicht leisten, wenn wir jetzt stundenlang auf die Polizei warten müssen. Das dauert alles immer ewig bis alles aufgenommen ist. Können wir das nicht vielleicht auf eine andere Art regeln?"

Florian musterte den Typen. Er schien ein merkwürdiger Zeitgenosse zu sein, aber seine Worte klangen aufrichtig.

Florian begutachtete den Schaden.

Bei ihm war zum Glück nichts Größeres passiert. Das rechte Rücklicht war kaputt und die Stoßstange hatte ein paar Kratzer. Die Front von dem anderen Auto hatte etwas mehr abbekommen.

Aber das war ja das Problem des Zauberfritzen.

Als er um die Autos herumging, bemerkte er die beiden Aufkleber auf der Rückseite von dessen Wagen. Ein Fisch und ein Geißbocklogo. Der Typ war also Christ und FC-Fan. Dann konnte er doch kein schlechter Mensch sein.

Florian rang innerlich mit sich. Konnte man einem unbekannten Zauberer einfach so vertrauen? Der Kerl schien ein armer Teufel zu sein. Vom Leben in die Mangel genommen, so wie er selbst.

Vielleicht hatte Florian jetzt eine Gelegenheit an seinem Karma zu arbeiten. Vielleicht war das ein Test. Seine Chance alles wieder richtig zu drehen. Wenn er jetzt die richtige Entscheidung träfe.

Er betrachtete den Typen nochmals von oben bis unten während er darüber nachdachte, was er jetzt tun solle. Er konnte mit ihm mitfühlen und so entschied er sich es gut sein zu lassen, auch wenn er es später vielleicht bereuen würde. Manchmal braucht diese Welt etwas Menschlichkeit, um sie besser zu machen.

Der Zauberer bedankte sich überschwänglich bei Florian.

„Hier ist meine Karte.", sagte er während er ihm ein kleines selbstgemachtes Visitenkärtchen überreichte.

„Der große Panini" stand dort geschrieben. „Zauberer, Eingeweihter in die geheimnisvollen Künste der Magie und Illusionist", dazu noch seine Kontaktdaten. Es sah irgendwie billig aus. Jedenfalls nicht sonderlich professionell.

„Ich verspreche Ihnen, dass ich für Ihren Schaden aufkommen werde. Und Sie haben etwas gut bei mir."

Dann stiegen beide wieder in ihre jeweiligen Autos. Der kleine Stau, der sich offensichtlich nur wegen einer ungünstigen Ampelschaltung entwickelt hatte, hatte sich in der Zwischenzeit schon wieder aufgelöst. Beide fuhren los.

Als Florian wieder zu Hause ankam, war es bereits dunkel. Es war ein anstrengender Tag. Er war müde. Er wusste nicht genau wieso, aber aus irgendeinem Grund fühlte er sich etwas besser, als er sich am Abend ins Bett legte. Vielleicht geht es ja doch irgendwann mal wieder aufwärts.

Kapitel 10 – Dinnertime

Nur wenige Tage später fand sich Florian erneut in einem Auto wieder. Nur diesmal war der Anlass ein anderer. Er hatte sich seiner Schwester und seinem Schwager angeschlossen, um in einem schönen Restaurant gemeinsam essen zu gehen.

Fionas Mann Peter wurde in seiner Firma nämlich befördert und das wollten die beiden mit einem Besuch einer feinen Lokalität gebührend feiern.

Gemäß den Regeln der Höflichkeit, fragten sie Florian, ob er sie begleiten wolle. Normalerweise hätte dieser abgelehnt. Sollten die beiden doch allein in Ruhe feiern und ihre Zweisamkeit genießen.

Aber im Augenblick nahm Florian jede Gelegenheit war, seinem dunklen Kellerdasein zu entkommen. Also willigte er ein mitzukommen.

Das für den Anlass auserkorene Restaurant war nicht weit entfernt, aber dennoch weit genug, um mit dem Auto fahren zu müssen. Florian hatte sich angeboten die Rückfahrt zu übernehmen, damit die beiden dort etwas trinken konnten. Dafür übernahm Peter die Hinfahrt.

Und das war eine echte Qual für jeden Mitfahrer, denn Peter war, zumindest nach Florians Empfinden, der schlechteste Autofahrer, den es gab.

Und auch dieses Mal vermittelte Peters Fahrstil das Gefühl den Fuß im Fußraum durchdrücken zu müssen, in der irrwitzigen Hoffnung auf dem Beifahrersitz befinde sich noch ein zweites Bremspedal, wie bei einem Fahrschulauto.

Als Fiona ihn unmittelbar nach einem Schockmoment und einem Beinaheunfall zurechtweisen wollte, erwiderte dieser bloß:

„Ich bin kein Verkehrsrowdy. Ich gebe meinen Vordermännern lediglich eine Motivationshilfe, um etwas schneller zu fahren."

Auch der Hinweis darauf, dass die Gefahrensituationen zum Teil auf einem fehlenden Anzeigen von Spurwechseln durch das dafür vorgesehene Lichtsignal basierten, ließ ihn unbeeindruckt.

„Sorry, aber ich spoilere halt nicht gerne.", sagte dieser nur darauf und grinste schelmisch.

Florian war zwar kein Freund von diesen ganzen Assistenzsystemen, die es mittlerweile in den Autos gab, aber bei manchen Sportsfreunden wären sie sicherlich durchaus hilfreich.

Ein Stück weiter wurde es langsam kritisch. Peter spielte laut mit dem Gedanken zu einem waghalsigen Überholmanöver anzusetzen mit den Worten:

„Das müsste eigentlich gehen.", woraufhin Florian antwortete „Das waren vermutlich auch die letzten Worte von dem Typen, der sein Auto in dem Dach eines Wohnhauses geparkt hatte." Peter sah etwas mürrisch nach rechts rüber auf den Beifahrersitz, wo Florian sich bereits mit beiden Händen am Handschuhfach abstützte und sich auf diese Weise in den Sitz drückte.

Peter hob seinen rechten Arm in Richtung Florian und presste dabei den Daumen der rechten Hand an den Ring- und Mittelfinger, wobei er gleichzeitig den Zeigefinger sowie den kleinen Finger der gleichen Hand wegstreckte. Das Gebilde erinnerte an den „Gut Kick"-Gruß, den Klaas Heufer Umlauf im Rahmen seines Daseins als Fan des VFL Wolfsburg etabliert hatte.

„Weißt du was das ist?", fragte Peter rhetorisch. „Das ist der Schweigefuchs. Also hör auf den Fuchs und schweige besser."

Kritik an seinem Fahrstil konnte Peter gar nicht gut ertragen. Jedoch erübrigte sich das gewagte Verkehrsmanöver, da der vorausfahrende Wagen in diesem Moment abbog und die Bahn anschließend wieder frei war. Die beiden Mitfahrer wirkten sehr erleichtert darüber. Florian fragte sich wie viel an Lebenszeit man bei einer Fahrt mit Peter wohl verlöre.

Eigentlich hatte er keine Probleme mit rasanten Fahrten. Er liebte es beispielsweise die schnellsten und waghalsigsten Achterbahnen in Freizeitparks auszuprobieren. Das war alles Killepitsch. Aber das hier war etwas völlig anderes. Das war wie russisches Roulette.

Oder russisches Bulette, wie ein Bekannter einmal scherzhaft gegenüber ein paar anwesenden Vegeterriern anmerkte. Dabei reicht man einer Gruppe einen Teller mit Buletten rum, wobei eine davon vegan ist.

Florian fand das sehr witzig, aber die beiden Vegeterrier konnten darüber gar nicht lachen. Entweder wirkt sich der Fleischverzicht negativ auf den Humor eines Menschen aus oder mein Humor ist doch irgendwie speziell, versuchte sich Florian die unterschiedlichen Reaktionen zu erklären.

Aber das war jetzt egal. Jetzt ging es um Leben und Tod. Peter hatte zwar in seinem Leben noch keinen Unfall gebaut, aber zumindest gefühlt fehlte oft nicht viel dazu.

Zum Glück fahre ich zurück, dachte sich Florian, ohne diesen Gedanken laut auszusprechen.

Nur wenige Minuten später erreichten sie dann gesund und unfallfrei das anvisierte Lokal. Florian und Fiona grinsten sich schweigend an, als sie beim Aussteigen feststellten, dass Peter etwas schief in der Parklücke stand. Aber keiner wagte es ihn darauf anzusprechen.

Als die drei durch das Restaurant zu dem ihnen zugeteilten Tisch marschierten, erschallte plötzlich eine Stimme hinter ihnen.

„Hey Florian altes Haus. Lange nicht mehr gesehen. Wie geht es dir?"

Die Stimme kam von einem mittelalten Herrn mit fülliger Statur, den Florian als Ralf identifizierte, als er sich zu der Stimme umdrehte.

Ralf war einer seiner ehemaligen Arbeitskollegen. Es war einer von der netten Sorte, die Florian gerne mochte, nicht aus der Kategorie Hans-Martin.

Ralf hatte einen Schnauzbart und sah aus als esse er gerne. Jedenfalls trug er eine ordentliche Kugel vor sich her, die nicht hundertprozentig zum Rest der Figur passte.

Wenn er eine Frau gewesen wäre, dann wüsste man jetzt nicht so genau, ob man fragen solle: Schwanger oder einfach nur dick? Aber dieser Elefant stand glücklicherweise hier nicht im Raum.

Er war aber ein sehr herzlicher Mensch, der gerne und viel lachte. Beinahe etwas zu viel. So als hätte man das Gefühl mit dieser Person niemals ein ernsthaftes Gespräch führen zu können. Jemand, der sein Leben in vollen Zügen genoss und sich gerne etwas gönnt, sei es etwas Leckeres zu Essen oder sonstiger Schnickschnack. Eben ein richtiger Gönjamin.

Nach einem kurzen Smalltalk über das jeweilige aktuelle Wohlbefinden und Ralfs Mitleidsbekundungen über das was Florian passiert war, erinnerte er ihn daran doch auf seiner Geburtstagsfeier zu erscheinen.

Ralf wurde fünfzig Jahre alt und wollte das groß feiern. Daher hatte er auch diverse Arbeitskollegen, unter anderem auch Florian, eingeladen zu kommen.

Das hatte Florian natürlich komplett verdrängt, wollte sich aber jetzt keine Blöße geben und willigte ein zu kommen. Nach einer kurzen Verabschiedung erreichte das Trio dann endlich ihren Tisch. Das wurde auch Zeit, denn mittlerweile hatte sich der kleine Hunger bereits zu einem großen entwickelt.

Während die drei einen schönen Abend mit einander verbrachten bei kulinarischen Leckerbissen und gutem Wein entfachten die verschiedensten kontroversen Diskussionen an ihrem Tisch.

Fiona berichtete von einem witzigen Missverständnis, dass sie heute mit einem Kollegen hatte.

Dieser wollte von seinen Urlaubsplänen mit seiner Familie erzählen. Dabei haben sie lange hin und her überlegt, was sie so spontan noch machen sollten bzw. wohin sie einen Kurztrip unternehmen könnten.

An die Küste nach Holland war eine Idee. Aber in der Ferienzeit war da alles voll und viel zu teuer.

Also hatte er eine andere Lösung im Kopf. Irland. Fiona dachte, dass er nicht mehr alle Latten am Zaun hatte. Schließlich war Irland ja viel weiter weg. Da lag außerdem noch ein ganzes Meer dazwischen und eine Reise dorthin war ganz bestimmt noch teurer.

Ihre Gedanken hatte sie ihrem Kollegen auch offenkundig mitgeteilt. Dann klärte sich das Missverständnis allerdings auf. Denn er meinte nicht das Land auf der britischen Insel, sondern eine Art Freizeitpark für Familien mit Kindern. Irrland. Mit Doppel ‚R'.

Fiona musste daraufhin natürlich etwas peinlich berührt ihren kleinen Fehler eingestehen.

„Das hätte ich auch nicht auf Anhieb verstanden.", merkte Peter an. „Wenn man keine Kinder hat, dann kennt man solche Sachen einfach nicht."

Bei einem anderen Thema ging es um Namensgebung bei Neugeborenen. Anlass war die anstehende Vaterschaft eines Arbeitskollegen von Peter.

Im Kontext einer deutschen Filmkomödie, welche vor einiger Zeit im Kino zu sehen war, warf Florian die steile These in den Raum, warum man nicht auch den Namen Adolf vergeben könne.

Diese Aussage stoß natürlich auf heftigen Widerstand. Fiona wies darauf hin, dass man den Namen heutzutage nirgendwo mehr finde, auf Grund seiner historischen Belastung, und zwar zu Recht.

Peter unterstütze ihren Standpunkt vehement.

„Soll ich euch vielleicht ein Paddel geben?", fragte Florian die beiden, die sich wiederum verdutzt ansahen und nicht begriffen, was er meinte. „Falls ihr etwas zurückrudern wollt, was eure Argumentation angeht.", fügte er erklärend hinzu.

„Wie meinst du das?", fragte Peter, dem ein fragender Ausdruck ins Gesicht eingemeißelt zu sein schien.

„Ich meine folgendes. Der Name Adolf ist auch heute noch allgegenwärtig", setzte Florian wieder an.

„Ich möchte euch drei Beispiel geben."

„Naja. Jetzt bin ich aber gespannt", unterbrach Fiona ihn ungläubig.

Florian hob sanft seine Hand nach oben mit ausgestreckter Handfläche in Richtung Fiona und wollte damit gestikulieren, dass sie abwarten solle, denn er würde gleich auf den Punkt kommen.

„Also zum Beispiel trägst Du, Peter, den Namen Adolf des Öfteren ganz offen auf Deinen Kleidungsstücken umher."

„Wie darf ich das denn jetzt verstehen?"

„Naja, auf Deinen Sportklamotten, wenn Du zum Fußballtraining gehst. Da hast Du doch in der Regel ein Trikot, eine Hose und sogar schuhe der Marke Adidas, richtig?"

„Ja, schon. Aber ich kann dir nicht ganz folgen. Worauf willst du damit hinaus?"

„Weißt Du woher der Markenname denn eigentlich kommt? Der basiert auf dem Namen des Firmengründers. Adi Dassler. Wobei Adi eigentlich nur eine Kurzform für Adolf ist. Also ungekürzt Adolf Dassler. Das bedeutet, dass das Adi in Adidas, was auf Deinen ganzen Sportklamotten groß draufgedruckt ist, im Prinzip für Adolf steht."

Peter und Fiona sahen sich etwas irritiert an, aber Florian setzte seien Argumentationskette unvermittelt fort.

„Es geht noch weiter. In der Deutschen Fußball Bundesliga gibt es bei dem Verein Eintracht Frankfurt einen Trainer. Adolf H. aus Österreich. Und so alt ist er noch nicht. Der Name wurde also trotz historischer Belastung vergeben und zeigt, dass es ein völlig normaler Name ist. Zumindest in Österreich.

Und noch ein Beispiel. In meinem letzten gemeinsamen Urlaub mit Lisa waren wir in Italien am Gardasee. Da waren wir in einem von diesen Touristenorten, wo man quasi an jeder Ecke Souvenirs und Mitbringsel kaufen konnte. Ihr kennt ja bestimmt diese Stände, wo es Tassen mit schon fertig eingravierten Namen gibt. Wenn man einen außergewöhnlichen Namen hat, dann findet man natürlich nicht die Tasse mit dem eigenen Namen. Aber wisst ihr was wir dort gefunden haben. Der Name Adolf war einer von denen, die vorgefertigt eingraviert war. Das würden die ja nicht anbieten, wenn es nie einer kaufen würde. Also auch dort ist der Name völlig normal. Damit ist meine Beweisführung abgeschlossen."

Fiona und Peter mussten das erstmal etwas verdauen. Sie stimmten Florian zwar zu, dass an seiner Argumentation etwas dran sei, bestanden aber darauf, dass man heutzutage keinem Baby den Namen Adolf geben solle. Gerade nicht in Deutschland.

Florian wiederum beharrte auf seiner These, dass man natürlich eine Person auf Grund seiner Taten verurteilen könne, aber deswegen nicht zwangsläufig einen Namen stigmatisieren solle. Allerdings stimmte er den beiden bei der Vergabe des Namens an Neugeborene dann doch gewissermaßen zu, weil er den Namen an sich zu altmodisch fand und auch selbst sein eigenes Kind nicht so benennen würde.

Und so verbrachten sie noch ein paar schöne Stunden zusammen. Sie hatten viel Spaß. Erzählten lustige Anekdoten, stritten energisch über kontroverse Thesen und lachten ausgelassen.

Für ein paar Stunden kehrte bei Florian die Unbeschwertheit zurück, die ihn schon früher immer innewohnte. In diesem Moment fühlte er sich gut. Das erste Mal seit langer Zeit. Und er war froh, dass er die beiden an diesem Abend begleitet hatte.

Zum Nachtisch brachte der Kellner die Tagesüberraschung. Es gab Quitten-Parfait. Florian gehörte zu der Sorte an Menschen, die keine Ahnung hatten, was eigentlich der Unterschied zwischen einem Parfait einem Sorbet und einem Eis war. Aber das war eigentlich auch gar nicht so wichtig. Hauptsache es schmeckt, dachte er sich.

Allerdings musste Peter zu dem Dessert noch eine Begebenheit loswerden.

Er erzählte, dass er neulich auf der Arbeit mit einigen Leuten in der Pause zusammenstand und sie sich über dies und jenes unterhielten. Einer von denen fing irgendwann an zu erwähnen, dass er Zierquitten in seinem Garten hätte. Dann wies er darauf hin, dass das richtig schöne Dinger seien und die anderen sich durchaus mal seine Quitten ansehen könnten. Er habe sogar extra seine Büsche freigeschnitten, damit seine Quitten auch so richtig zur Geltung kommen könnten.

Alle anderen in der Runde konnten sich nicht mehr einkriegen vor Lachen. Keiner war sich sicher, ob die zweideutigen Anspielungen ungewollt waren oder absichtlich platziert waren.

Auf jeden Fall gab es für den Rest des Tages nur noch Quittensprüche zu hören, wie beispielsweise „Darf Deine Frau eigentlich auch mal an deine Quitten ran oder legst Du da nur selbst

Hand dran", „Ziehen sich Diene Quitten eigentlich zusammen, wenn es kalt wird?" oder „Ich hoffe Du schützt Deine Quitten gut. Nicht dass da irgendwelche Tiere dran rumknabbern."

Peter erklärte den beiden, dass das einer der lustigsten Tage im Büro war in der letzten Zeit. Normalerweise herrscht dort immer eine etwas ernstere Grundstimmung.

Manchmal muss sowas halt raus. Niveau ist eben keine Handcreme und der Stil ist nicht das Ende des Besens. Allerdings verstand nicht jeder diese zweideutigen Anspielungen und so fragte Fiona etwas irritiert:

„Wieso? Was ist denn so lustig daran? Was ist denn so besonders an seinen Quitten? Nur weil es Zierquitten sind? Die sind halt was fürs Auge und nicht für den Mund."

Als sie das gesagt hatte brach es aus Peter raus und auch Florian konnte nicht mehr an sich halten. Von Fiona ernteten sie für ihr kindisches Gelächter nur ein unverständliches Kopfschütteln.

Auf dem Rückweg übernahm Florian wie vorher abgesprochen das Steuer. Fiona saß auf der Rückbank und fasste sich mit der flachen Hand auf den Bauch.

„Ouh. Ich glaube mir geht es nicht so gut.", klagte sie ihr Leid.

„Vielleicht bist du ja schwanger.", scherzte Florian, woraufhin Peter auch noch seinen Senf dazu gab.

„Na hoffentlich kommst du dann nicht auf die Idee es Adolf zu nennen."

Florian und Peter lachten herzlich, aber Fiona schaute die beiden nur bösen an.

„Nein, ich glaube ich habe das Essen nicht gut vertragen. Wahrscheinlich bin ich laktoseintolerant."

„Hattest du nicht den Fisch?", fragte Peter.

„Ja und. Lachs mit Sahnesoße hatte ich. Glaubst du etwa der Fisch neutralisiert das.", schoss Fiona zurück.

„Sorry, schon gut. Ich habe ja nur gefragt. War nicht böse gemeint.", entschuldigte sich dieser darauf.

Florian sah in den Rückspiegel. Seine Schwester hatten einen Gesichtsausdruck, der gleichzeig leidend und mürrisch war. Er kannte diesen Ausdruck. Da sollte man ihr am liebsten aus dem Weg gehen. Er musste innerlich schmunzeln, weil er einen Spruch bringen wollte, den er versuchte sich zu verkneifen, aber ohne Erfolg.

„Vielleich hast Du keine Laktoseintoleranz, sondern eine Lachstoseintolleranz."

„Haha, sehr lustig du Witzbold.", dröhnte es nur von hinten begleitet von einem bösen Blick, der jemanden zu Eis erstarren lassen konnte.

Florian ließ es daraufhin gut sein und beschloss sich jetzt nur noch aufs Fahren zu konzentrieren.

Nachdem er alle wieder gesund nach Hause gebracht hatte, bedankte er sich bei den beiden für den schönen Abend. Das hatte ihm gutgetan. Endlich mal etwas Ablenkung.

Zumindest für eine kurze Zeit. Denn es dauerte nicht lange, bis ihm wieder die Bilder von Lisa und Jana im Kopf rumschwirrten, begleitet von chaotischen Gedankenfetzen, die er versuchte schnell bei Seite zu drängen.

Er legte sich ins Bett zum Schlafen. Er war müde. In letzter Zeit war er meistens sehr müde, aber heute schien es besonders schlimm zu sein. So müde wie ein Schäfer bei der Inventur, dachte er, bevor er die Augen schloss und sanft einschlief.

Kapitel 11 – Kurzwitzfestival

„Ich bin heute aus dem Töpferkurs geflogen. Ich habe mich anscheinend im Ton vergriffen."

Peter schaute Florian, der sich gerade zum Frühstück hinsetzten wollte, mit großen Augen an in Erwartung einer Reaktion, als er diesen Witz aus der Hüfte schoss.

„Wunder dich nicht. Das geht schon die ganze Zeit so.", versuchte Fiona die Situation zu erklären, während sie sich ein Brötchen schmierte. „Ein schlechter Witz nach dem anderen. Und das geht auch noch den ganzen Tag so weiter. Heute ist nämlich das Kurzwitzfestival."

Florian verstand nicht ganz, was damit gemeint war. „Das was?".

Florian hatte die Frage zwar an seine Schwester gerichtet, aber dennoch antwortete Peter lieber selbst.

„Das Kurzwitzfestival. Das ist so eine Veranstaltung wo verschiedene Komiker auftreten und ihre lustigsten Witze zum Besten geben. Warte, ich habe noch einen für dich. Kommt ein Kunde in die Apotheke und fragt nach zwei Kondomen. Fragt der Apotheker: ‚Wollen Sie eine Tüte dazu?' Antwortet der Kunden:

‚Nein, brauche ich nicht. Sie ist sehr hübsch'". Peter lachte daraufhin lauthals los.

Fiona verdrehte nur noch die Augen. Und Florian versuchte nicht zu sehr darauf einzugehen und kam nicht über ein müdes Lächeln hinaus.

Sein Schwesterherz hatte Recht mir ihrer Befürchtung, dass das noch so weiter gehen würde. Das gesamte Frühstück über haute Peter einen Spruch nach dem anderen raus. Danach wusste Florian, dass auf dem Grabstein eines Diabetikers stände, dass sein Leben kein Zuckerschlecken war. Er wusste nun, dass man ein Kondom auf Schwedisch Pipi Langstrumpf nannte. Aber er wusste nicht, ob ein Sandwich wissenschaftlich belegt sei, wenn ein Professor es gemacht hatte.

Die Dosis an flachen Witzen war für den Moment hoch genug für Florian, also beendet er das Frühstück etwas voreilig, unter dem Vorwand noch zu müde zu sein, um so viel essen zu können, obwohl er eigentlich durchaus noch hungrig war. Er hätte zwar noch gut und gerne zwei Brötchen essen können, aber unter diesen Rahmenbedingungen nahm er lieber den Hunger in Kauf.

Er hatte bestimmt noch irgendwo einen Notfallschokoriegel, mit welchem er verhindern könne deswegen zur Diva zu werden.

Den restlichen Vormittag verbrachte er in seinem Zimmer, um sich vor tief fliegenden Kalauern zu verstecken. Nachdem die Renovierung abgeschlossen war, war er wieder nach oben ins Gästezimmer umgezogen und hatte das dunkle Kellerquartier hinter sich gelassen.

Das passte auch zu seiner aktuellen Gefühlslage, denn gerade in den letzten Tagen fühlte er sich wieder etwas besser. Aber ihm war natürlich klar, dass das keine Dauerlösung sein konnte.

Früher oder später musste er etwas an seiner Situation verändern. Er brauchte nur noch etwas Zeit, um sich richtig zu fangen. Schließlich musste er ein paar heftige Tiefschläge einstecken in der letzten Zeit. Sein privates und berufliches Leben war völlig durcheinandergewirbelt wurden und das konnte man nicht mal ebenso abschütteln und neuordnen.

Während Florian noch tief in seine Gedankenwelt abgesunken war, klopfte es an der Türe und Fiona betrat den Raum. Sie teilte ihm mit, dass sie einen kleinen Anschlag auf ihn vorhatte.

Dabei schaute sie ihm mit diesem unwiderstehlichen Hunde-blick an, den auch Kinder bereits von klein auf beherrschten und den sie immer dann einsetzten, wenn sie etwas haben wollten, was sie sonst nicht ohne weiteres bekämen.

„Oh Gott. Bitte zwing mich nicht dazu.", stammelte Florian in Erwartung dessen was jetzt kommen würde.

Und im nächsten Moment kam dann auch die unvermeidli-che Frage.

„Könntest Du bitte mit Peter auf dieses Kurzwitzfestival fah-ren?"

Die Frage kam einem Leberhaken gleich. Noch bevor Florian die Frage richtig sacken lassen konnte, untermauerte Fiona ihr Anliegen noch weiter.

„Ich muss leider noch etwas wichtiges erledigen und kann ihn nicht begleiten. Allein will er nicht dahin. Er hat sich da schon so lange drauf gefreut."

Das ‚Leider' kaufte Florian seiner Schwester zwar nicht ganz ab, denn er wusste, dass sie darauf genauso wenig Lust hatte wie er selbst, aber andererseits ließen die beiden ihn hier schon eine ganze Weile wohnen. Da konnte er ja nicht einfach so unhöflich sein Fionas Bitte abzuschlagen.

Diese Situation führte ihm nochmal deutlich seinen Gedanken von eben vor Augen, dass das hier keine dauerhafte Lösung war. Er musste sein Leben wieder in den Griff bekommen und die Dinge neu ordnen. Aber für den Moment willigte er erstmal ein mitzufahren in die Kurzwitzhölle, worauf eine dankbare Umarmung seiner Schwester folgte.

Ein paar Stunden später war es dann soweit. Florian und Peter machten sich auf zu dieser ganz besonderen Veranstaltung. Sie entschieden sich mit der Bahn zu fahren, damit beide etwas trinken konnten. Ohne Alkohol wäre es für Florian wohl kaum zu ertragen gewesen. Und die Option Peter fahren zu lassen, kam ebenso wenig in Frage, also blieb quasi nur diese Möglichkeit.

Das war heutzutage aber kein Problem, denn die öffentlichen Verkehrsmittel waren gut erreichbar, fuhren regelmäßig und pünktlich. Seit die Politik im Rahmen ihres Klimapaketes den öffentlichen Nahverkehr deutlich verbessert und ausgebaut hatte, funktionierte das richtig gut mit den Bussen und Bahnen.

Die Fahrt dauerte etwa eine halbe Stunde. Von der Station bis zum Veranstaltungsgelände mussten sie dann noch ungefähr zehn Minuten zu Fuß gehen. Aber auch das war kein großes

Problem. Direkt gegenüber der Haltestelle befand sich nämlich ein Kiosk, welchen die beiden unmittelbar aufsuchten und diesen um zwei Flaschen Bier erleichterten. Diese konnten sie dann genüsslich auf dem Weg leeren. Ein klassisches Fußpils.

Als die beiden dann auf dem Festivalgelände angekommen waren, mussten sie allerdings erstmal die Toilette aufsuchen. Ab jetzt würden die Intervalle der Klobesuche mit jedem weiteren Bier auch immer kürzer werden. Das wussten sie zwar, aber es hielt sie dennoch nicht davon ab, sich die nächsten zwei zu besorgen.

Mit dem frischen Bier in der Hand schoben sie sich durch die Menschenmassen nach vorne in Richtung Bühne. Peter wollte schließlich einen guten Platz, um auch ja alles mitzubekommen. Florian wunderte sich darüber, dass hier so viel los war. Er fragte sich wieso so viele Menschen bloß auf so schlechte Witze abfuhren. Aber sei es drum. Jetzt gings los.

Und der erste Witzbold, der auf die Bühne kam, hatte es gleich in sich und ging in die Vollen.

„Hey Leute. Seid ihr gut drauf? Ich freue mich wirklich sehr heute hier sein zu dürfen. Schön, dass ihr alle da seid. Wenn ihr nicht da wärt käme ich mir hier oben ziemlich blöd vor. Deshalb bin ich sehr erleichtert. Ich würde ja jetzt gerne ein Foto mit meinem Handy machen für ‚Insta', wie das von hier oben so aussieht.

Aber leider ist mein Handy kaputt. Ist mir gestern im Treppenhaus runtergefallen und drei Stockwerke tief gefallen. Ich glaube ich hatte es im Flugmodus.

Apropos Fliegen. Wisst ihr eigentlich wie man eine Frau nennt, die in Australien ein Flugzeug fliegt. Ein Musch-Pilot.

Aber das mit dem Handy nervt echt. Wisst ihr, ich telefoniere nämlich echt gerne.

Letztens habe ich versucht Spiderman anzurufen. Aber der hatte grad kein Netz.

Dann habe ich mal im Krankenhaus angerufen, aber die haben mich falsch verbunden.

Als ich David Guetta anrufen wollte, hat der einfach aufgelegt.

Und das eine Mal habe ich versucht bei den Weight Watchers anzurufen, aber da hat keiner abgenommen.

Aber das mit dem Handy ist nicht so schlimm wie das was letzten Monat passiert ist. Da musste ich ins Krankenhaus, um operiert zu werden. Da war ich ziemlich nervös und habe dem

Chirurgen gesagt, dass das meine erste Operation sei. Da hat der geantwortet keine Panik. Meine auch.

Oh, dachte ich. Da muss ich wohl besser eine Kerze anmachen. Letztens habe ich übrigens zwei Kerzen belauscht. Hat die eine gefragt. Was machst du heute Abend. Hat die andere geantwortet. Ich gehe aus.

So liebe Leute. Das wars von mir. Vielen Dank für euer Aufmerksamkeit und euren Applaus. Ich hoffe wir sehen uns beim nächsten Mal hier wieder. Heute erwarten euch aber noch ganz viele großartige Künstler.

In diesem Sinne macht es gut und habt einen schönen Abend. Caio."

Mit diesen Worten verabschiedete sich der Komiker von der Bühne. Die Menge tobte und war begeistert.

Puh. Das war erstmal genug für Florian. Deshalb setzte er sich mal kurz ab unter dem Vorwand neues Bier holen zu gehen. Auch das WC musste er nochmal aufsuchen.

Die letzten Biere mussten schließlich noch weggebracht werden. Die Schlangen vor den Toiletten waren lang. Viele wichen daher aus in das anliegende Waldstück. Die lange Wartezeit kam

Florian aber gar nicht so ungelegen. Er hatte es nicht eilig zurück zu kommen.

Auf der vor ihm liegenden Fläche waren diverse Dixi-Klos aufgestellt und eine lange Rinne, welche als Pissoir für die Männer diente. Dann nach einigen Minuten, konnte Florian sich endlich Erleichterung verschaffen.

Als nächstes ging es dann zur Bierschlange. Hier würden auch nochmal einige Minuten an Wartezeit draufgehen, dachte er.

Als er sich dann schließlich mit einem Bier in jeder Hand erfolgreich durch die Menge gekämpft hatte, stellte er erleichtert fest, dass er bereits zwei weitere Auftritte verpasst hatte.

Doch er sah Peter nirgendwo. Wo war der Kerl nur?

Dann tippte ihm unvermittelt jemand von hinten auf die Schulter.

Wer war das? Florian drehte sich um. Oh, nein. Schon wieder dieser Typ, dessen Namen er vergessen hatte. Der Typ, den er das erste Mal auf der Party getroffen hatte und dann nochmal beim Einkaufen.

Da hatte er sich irgendwie aus der Affäre gezogen ohne, dass es zu einem peinlichen Moment gekommen war. Aber was sollte er jetzt machen? Ihn jetzt zu fragen, wie sein Name war, ging nicht mehr. Das wäre jetzt viel zu peinlich.

Also musste er hoffen, dass er sich auch diesmal wieder herausschlawinern könne.

In diesem Moment kam Peter zurück, der sich in der Zwischenzeit eine Wurst geholt hatte. Während er einen Bissen kaute, sagte er:

„Hey Florian. Wer ist dein Freund? Willst du uns nicht vorstellen?"

Mit dieser Frage zerschlugen sich Florians Hoffnungen vom einen auf den anderen Moment. Jetzt war er geliefert. Jetzt musste er zugeben, dass er nicht wusste wie der Typ hieß und bei den Begegnungen nur vorgegeben hatte ihn zu kennen.

Doch gerade als Florian etwas peinlich berührt seinen Fauxpas gestehen wollte, löste Peter die Situation selbst auf.

„Kleiner Spaß. Ich weiß doch wer Paul ist. Wir kennen uns doch."

Gott sein Dank, dachte Florian. Die Situation hatte er schadlos überstanden. Kein peinliches Bekenntnis zu seinem schlechten Namensgedächtnis. Was sollte er denn machen. Das war nun mal so. Das passierte ihm immer, wenn ihm auf einer Party viele Leute vorgestellt werden. Schon im nächsten Augenblick hatte er in der Regel die meisten Namen direkt wieder vergessen.

Aber jetzt war das Problem gelöst. Florian versuchte sich zu krampfhaft zwingen sich den Namen endlich zu merken. Wie war der noch gleich? Verdammt. Schon wieder vergessen. Das kann doch nicht wahr sein.

Dann verabschiedete sich der Typ zu Florians Erleichterung wieder und suchte seine Leute, mit denen er auf das Festival gekommen war.

Auf der Bühne zog währenddessen bereits der nächste Künstler seine Show ab.

„Hallo Publikum. Ich hoffe es geht euch noch gut und ihr habt euch noch nicht völlig verausgabt.

Als ich heute Morgen noch beim Frühstück mit meiner Freundin saß, hat sie mich gefragt was ich mehr an ihr Liebe. Ihren wunderschönen Körper oder ihre Intelligenz. Ich habe ihr daraufhin folgendes geantwortet. Am meisten liebe ich deinen Sinn für Humor.

War natürlich nur Spaß. Ich liebe sie und sie liebt mich. Obwohl ich glaube, dass sie eigentlich nur mit mir zusammen ist, weil ich reich bin. Das mit dem Witze erzählen läuft nämlich echt gut.

Ich musste letztens sogar den Kammerjäger anrufen, weil ich zu viele Mäuse auf dem Konto hatte.

Apropos Mäuse. Ich habe letztens heimlich drei belauscht, die so rumsaßen auf ein Bier und gegenseitig ein bisschen angeben wollten. Sagt die eine so: ‚Ich bin ziemlich hart drauf. Immer wenn ich bei uns eine Mausefalle entdecke, dann laufe ich hin, klaue den Käse und mache an dem Fallenbügel etwas Krafttraining.' Da sagte die zweite Maus: ‚Das ist doch noch gar nichts. Immer wenn bei uns Rattengift ausgelegt wird, dann hole ich mir einen Spiegel und eine Rasierklinge und zieh mir erstmal eine Line.' Die dritte Maus hat nichts zu dieser Unterhaltung beizusteuern. Die erste Maus fragt daraufhin: ‚Und du? Du bist wohl nicht so mutig und cool wie wir was?' Da antwortet die dritte Maus: ‚Wisst ihr, ihr langweilt mich. Ich gehe jetzt nach Hause und vernasche die Katze.'

Katzen sind übrigens auch schöne Tiere. Und Hunde. Es gibt ja Katzenmenschen und Hundemenschen, aber ich mag beide. Wisst ihr was der Unterschied zwischen einem Hund und einer Katze ist? Der Hund denkt: ‚Sie lieben mich, sie füttern mich, sie kümmern sich um mich. Sie müssen Götter sein.' Die Katze hingegen denkt: ‚Sie lieben mich, sie füttern mich, sie kümmern sich um mich. Ich muss ein Gott sein.'

Wenn ich hier oben stehe, dann fühle ich auch wie eine Katze. In diesem Sinne. Haut rein und lasst es krachen. Adios."

Und so verabschiedete sich auch dieser Künstler von der Bühne.

Die Auftritte waren zwar immer recht kurz, aber dafür gab es reichlich davon.

Manche waren schon länger im Comedy Business und andere waren noch Newcomer. Den letzten fand Florian gar nicht so übel, aber er war froh als sich das Festival nun endlich dem Ende neigte.

Als die beiden sich dann auf den Heimweg machten, entschieden sie sich noch einen letzten Absacker in einer nahe gelegenen Kneipe zu gönnen.

Peter war zudem nicht mehr in der Lage auch nur einen weiteren Witz los zu lassen. Sein Repertoire war völlig erschöpft. Das machte es Florian leichter sich noch auf zwei kühle Blonde überreden zu lassen.

Während sie jeweils an ihrem Gerstensaft nippten, versuchte Peter die Chance zu nutzen mal mit Florian in Ruhe zu reden. Er fragte ihn aus über seine Gefühlslage. Über das was passiert war mit Lisa und mit Jana.

Da steckte wohl doch noch mehr dahinter, dass er Peter heute an Stelle von Fiona begleiten sollte, dachte er sich. Aber er hatte im Moment noch keine große Lust darüber zu sprechen. Und schon gar nicht mit Peter. Das war ihm irgendwie unangenehm.

Daher speiste er ihn mit knappen Antworten ab, ohne dabei zu viel preis zu geben.

Aber nach dem Gespräch merkte er, dass er das alles noch nicht richtig verarbeitet hatte. So was hatte Jana ihm ja auch schon mal gesagt bevor sie ihm das Herz gebrochen hat. Vielleicht musste er es ihnen tatsächlich irgendwie heimzahlen. Eine kleine Racheaktion für den Bewältigungsprozess. Aber für weitere Ausführungen dieser Idee war er jetzt nicht in der Lage. Dafür war er zu müde. Und zu angetrunken.

Kurz bevor die beiden spät am Abend zu Hause ankamen, brach es dann doch nochmal aus Peter raus, obwohl er motorisch und sprachlich eigentlich nicht mehr in der Lage war einen vernünftigen Witz zu erzählen.

„Ist so ein Typ auf der Hochzeit – Hicks – Entschuldigung. Also der Bräutigam. Seine Braut wurde entführt, wie es Brauch war – Hicks. Der Entführer sagt, der Bräutigam müsse fünfzig Euro bezahlen, um sie zurück zu bekommen. Sagt der Bräutigam: ‚Ich gebe dir hundert, wenn du sie mitnimmst und behältst.' – Hicks. Ne, das war irgendwie anders. Sorry, ich bekomme den nicht mehr richtig hin."

Florian stützte Peter, der mittlerweile ein paar Probleme mit dem Gehen hatte.

In dem Moment sahen sie aus als seien sie Teilnehmer der Leichtathletik Weltmeisterschaft in Katar.

„Kein Problem. Du solltest dich jetzt besser schlafen legen."

Dann schloss Florian die Türe auf und sorgte noch dafür, dass Peter unfallfrei ins Schlafzimmer kam, wo Fiona tief und fest schlief und nichts mitbekam. Danach legte er sich selbst schlafen und versuchte nicht von Lisa oder Jana zu träumen, was ihm allerdings nicht wirklich gelang.

Kapitel 12 – Geburtstagsparty

Samstag. Geburtstag. Nicht von Florian, sondern von Ralf. Sein ehemaliger Arbeitskollege, den er kürzlich noch getroffen hatte, feierte an diesem Tag seinen fünfzigsten. Und Florian war ebenfalls eingeladen.

Eigentlich war das auch gar nicht so schlimm. Florian hatte keine Lust mehr sich in dem Haus seiner Schwester zu verstecken. Er wollte wieder raus. Er musste wieder raus. Zurück ins Leben. Unter Menschen. Sich mal amüsieren.

Er wusste, dass Ralf außer ihm noch andere seiner alten Arbeitskollegen eingeladen hat. Aber von der Sorte, mit denen Florian sich auch gut verstand. Nicht von der Sorte Hans-Martin. Sie hatten wohl einen ähnlichen Menschengeschmack.

Nur das mit dem Geschenk hatte Florian irgendwie vermasselt. Er wollte etwas Besonderes besorgen für den runden Geburtstag. Keinen Gutschein oder so etwas in der Art. Doch hatte er es immer wieder vor sich hergeschoben. Klassische Prokrastination.

Und dann war auf einmal Samstag. Jetzt musste schnell eine Alternative her. Spontane Neuorientierung. Muss nichts Besonderes sein. Neue Priorität. Hauptsache man hat irgendetwas in der Hand.

Also flitzte er schnell in den nahegelegenen Supermarkt und besorgte eine Glückwunschkarte. Hier gab es eine große Auswahl von allen möglichen Variationen von Karten. Bei der Auswahl konnte er sich nur schwer entscheiden. Er wollte auf keinen Fall so eine Karte, die irgendwelche Geräusche von sich gibt, wenn man sie öffnete. Und es sollte auch keine Karte sein mit plumpen sexuellen Anspielungen.

Nach einigem hin und her, entschied er sich letztlich für die Karte mit dem Spruch ‚50 Jahre - nicht zu fassen, deshalb heute hoch die Tassen‘.

Diese fand er noch am lustigsten. Dann schrieb er noch ein paar nette Glückwünsche dazu und legte dem Anlass entsprechend einen fünfzig Euro Schein hinein. Dann die Karte in den Umschlag gesteckt, Name drauf und fertig. Das Problem mit dem Geschenk war schon mal erledigt. Haken dran.

Sein ehemaliger Kollege hatte sich für seine große Feier einen der kleineren Säle eines großen Hotels nicht weit entfernt angemietet. Etwa achtzig Gäste erwartete er wohl. Jedenfalls zu viel, um diese Anzahl in den eigenen vier Wänden zu bewirten.

Von außen kannte Florian das Hotel. Er war schon öfters daran vorbeigefahren. Ein großflächiger moderner Bau mit vielen Glasfronten. Die Einfahrt führte die einkommenden Autos um einen Springbrunnen in mitten eines bunten Blumenbeetes zum Eingangsbereich.

Vor dem großflächigen Eingangsbereich standen jede Menge teurer und schicker Autos herum, die von den Mitarbeitern des Hotels in die hoteleigene Tiefgarage gefahren wurden. Florian meinte sogar wieder diesen ihm wohl bekannten Porsche gerade noch gesehen zu haben, wie er weggefahren wurde. Das Nummernschild konnte er allerdings nicht erkennen. Andererseits ging ein Porsche hier auch als völlig normales Auto durch. Nichts Besonderes. Die fand man hier wie Sand am Meer. Und eigentlich war er sich auch sicher, dass das nicht sein konnte.

Ralf würde niemals diesen Hans-Martin einladen. Ralf fand diesen Schnösel genauso unsympathisch wie Florian selbst. Er erinnerte sich daran, wie oft sie gemeinsam in der Kaffeeküche gelästert hatten über ihn und noch ein paar andere Kollegen derselben Kategorie.

Er musste innerlich lachen, als er sich an die eine Geschichte erinnerte, wie ein Mitarbeiter aus der IT, der auch Teil dieser Lästergruppe war, mal an dessen Rechner musste, um etwas zu reparieren.

Aus Spaß hatte er ihm den Dongle einer Funkmaus in einen freien USB-Slot gesteckt, zusätzlich zu der eigentlichen Maus.

Mittels dieser Konstruktion konnte er dann aus etwas Entfernung den Mauszeiger übersteuern. Wenn Hans-Martin beispielsweise irgendwohin klicken wollte, bewegte der Typ den Zeiger ein Stück weiter als die angepeilte Position war, so dass er nicht das anklickte was er eigentlich wollte. Hans-Martin ist daraufhin irgendwann beinahe ausgerastet. Aber es hat drei volle Tage gedauert, bis er letzten Endes mit Hilfe eines anderen IT-Mitarbeiters dahinterkam.

Der Scherzkeks aus der IT ist mittlerweile auch nicht mehr in dem Unternehmen beschäftigt, erinnerte sich Florian. Kurz danach hatte er gekündigt.

Florian wurde traurig bei dem Gedanken, dass die mit dem armen Kerl damals auch so einen Mist abgezogen haben, wie mit ihm selbst erst vor kurzer Zeit. Vielleicht ist der Vogel ja auch heute da, dachte sich Florian und betrat das pompöse Gebäude.

Im Inneren des Hotels war Florian bis dahin noch nicht gewesen. Dazu gab es bisher auch noch keine Gelegenheit. Daher musste er sich hier zunächst einmal zurechtfinden. Nachdem er durch das große Portal am Eingang geschritten war, fand er sich in einer riesigen Eingangshalle wieder. Rechter Hand vom Eingang befand sich die Rezeption.

Aktuell schien hier nur ein Schalter besetzt zu sein, was dazu führte, dass sich eine lange Warteschlange gebildet hatte, voll von genervten Menschen, die ein- bzw. auschecken wollten. Das Warten schien ermüdend zu sein. Viele von Ihnen konnten scheinbar nicht mehr stehen. Und so funktionierten einige von Ihnen die Gepäckstücke, von welchen sie flankiert wurden, zu Sitzgelegenheiten um.

Im linken Bereich der großen Eingangshalle befand sich eine Lounge, mit schicken kleinen Ledersofas und gemütlichen Sesseln, welche rund herum um eine Kreisrunde Bar angeordnet waren. Auf dem Tresen der Bar waren kleine Gläser aufgestellt, an denen man sich kostenlos Gummibärchen ziehen konnte. Die schallende Geräuschkulisse wurde dabei von leiser Klaviermusik untermalt, welche wohl eine beruhigende Stimmung entfalten sollte.

Ralf hatte ihm gesagt, dass er rechts entlang müsste an der Rezeption vorbei und nach einigen Metern dann direkt nochmal rechts abbiegen. Dann liefe er geradeaus auf einen kleinen Veranstaltungssaal zu, den der Jubilar für seine Feier angemietet hatte.

Der Saal selbst bat genug Platz für die etwa hundert eingeladenen Gäste.

Der Raum war feierlich geschmückt mit diversen Girlanden und Luftballons. Die Zahl fünfzig war so gut wie überall präsent.

Ganz vorne im Raum befand sich eine kleine Bühne. Dort hatte sich der DJ mit all seinem Equipment eingerichtet. Zwei große Lautsprecherboxen rechts und links von der Bühne, verteilten die Musik im ganzen Raum.

Vor der Bühne war eine Freifläche, welche voraussichtlich als Tanzfläche vorgesehen war für den fortgeschrittenen Abend.

Daran anschließend waren viele runde Tische mit bequemen Lederstühlen aufgebaut, an denen die Gäste gemütlich speisen konnten.

An der linken Seite des Raumes war ein langgezogener Thekenbereich, an dem zwei Mitarbeiter die Anwesenden mit Getränken versorgten. Zusätzlich liefen noch zwei weitere Kellner herum und brachten die Getränke direkt an die Tische und räumten leere Flaschen und Gläser wieder ab.

Auf der gegenüberliegenden Seite war ein großes Buffet aufgebaut. Die meisten Deckel waren aber noch geschlossen, da es noch nicht offiziell eröffnet war. Auf den danebenstehenden Schildern konnte aber bereits abgelesen werden, welche Köstlichkeiten in den einzelnen Schalen versteckt waren.

Es war etwa gegen neunzehn Uhr, als Florian den Saal betrat. Zu dem Zeitpunkt war dieser bereits gut gefüllt. Er wanderte durch den Saal auf der Suche nach dem Gastgeber, um sich für die Einladung zu bedanken und sein ‚originelles' Geschenk zu überreichen. Nachdem das erledigt war, begab er sich erstmal in Richtung Bierfass. Mit dem gefüllten Glas in der Hand lehnte er sich an die Theke, nahm einen großen Schluck des köstlichen Gerstensaftes und hielt Ausschau nach bekannten Gesichtern.

Schon nach kurzer Zeit hatte er ein paar seiner ehemaligen Arbeitskollegen entdeckt. Bei ein paar Bier schwelgten sie gemeinsam in Erinnerung und tauschten alte Kriegsgeschichten aus.

Einer von ihnen kramte nochmal die alte Geschichte mit den Serverproblemen raus. Damals kam es jeden Abend gegen neun Uhr zu einem unerklärlichen Ausfall eines Servers. Er startete sich dann zwar jedes Mal von allein wieder, aber für den Zeitraum waren diverse Dienste nicht erreichbar. Wochenlang hatte die ganze IT-Abteilung daran rumgerätselt, woran es liegen könnte.

Aber auch jegliche Diagnosesoftware brachte keinerlei Ergebnis. Dann eines Tages wurde es einem Mitarbeiter zu dumm und er nahm sich vor, den Abend über neben dem Server zu verbringen, um dann genau sehen zu können was da eigentlich passiert. Und siehe da an jenem Abend löste er dieses Rätsel.

Wie sich heraus stellte, wurde das Problem von einer Reinigungskraft verursacht. Jeden Abend arbeiteten sich mehrere Mitarbeiter der Reinigungsfirma durch das Gebäude. Ein Mitarbeiter nahm sich dann wohl immer den Raum vor, in dem der besagte Server untergebracht war.

Der IT-Mitarbeiter saß an jenem Abend ebenfalls in dem Raum und beobachtete die Szene. Um besser in die eine Ecke des Raumes zu kommen, zog der Mitarbeiter der Reinigungskraft den Stecker der Mehrfachsteckodes aus der Steckdose, an dem unter anderem auch das Netzteil des Servers hing. In dem Moment ging der Server natürlich aus, weil er nicht mehr mit Strom versorgt wurde.

Als der Typ mit der Ecke durch war, steckte er den Stecker wieder in die Steckdose und der Server fuhr wieder hoch. Der ITler sah dabei fast sprachlos zu und konnte nicht glauben mit welchem Selbstverständnis da einfach Stecker aus Steckdosen gezogen und wieder eingesteckt wurden.

Am nächsten Tag berichtete er seinem Abteilungsleiter von den Vorkommnissen des vergangenen Abends. Das wiederum hatte eine bitterböse E-Mail an die Reinigungsfirma zur Folge. Seitdem gab es keinen Serverausfall mehr.

Alle mussten herzlich lachen bei der Erinnerung an diese alte Geschichte.

„Erinnert ihr euch noch an die Lispel Lisbeth?", fragte dann einer in die heitere Runde.

„Weiß ich nicht genau, müsste ich nackt sehen.", bekam er von einem anderen als Antwort in der Hoffnung mit einem anzüglichen Witz ein paar Lacher abzustauben.

Dem Alkohol sei Dank ging seine Strategie auch auf.

„Das war doch die mit der kleinen Sprechstörung, oder?", versuchte sich ein dritter nun ernsthaft zu erinnern.

„Da gabs doch diese Geschichte von der Weihnachtsfeier, wo alle gezwungen waren in Gruppen irgendwelche Aufführungen zu machen für den Rest der Firma. Wir hatten die damals bei uns in der Gruppe und wollten sie ein bisschen verarschen. Dann haben wir einen Text geschrieben, den sie vorlesen musste und die anderen machten dazu entsprechende Bewegungen und Gesten. Aber der Text war absichtlich so formuliert, dass dort ungewöhnlich viele Wörter mit ‚S' vorkamen. Bei der eigentlichen Aufführung war das dann das reinste lispel-Feuerwerk. Naja, so lustig wie gedacht war es dann aber irgendwie doch nicht."

„War die nicht mit einem Kollegen zusammen? Ich weiß den Namen nicht mehr, aber das war doch so ein Schmock."

„Was ist ein Schmock?", fragte Florian in die Runde, der diesen Ausdruck noch nie zuvor gehört hatte.

„Dabei handelt es sich um einen extravertierten Menschen, der einerseits sich in der Gesellschaft gut zurechtfindet, andererseits durch ein entweder rechthaberisches, belehrendes oder durch ein opportunistisches Verhalten negativ auffällt.

Der Schmock ist häufig eitel oder auch arrogant, ist gleichzeitig aber weder besonders intelligent, gutaussehend noch geistreich.

Sein Äußeres ist häufig übertrieben modisch, dabei allerdings unpassend.

Der Schmock ist verwandt mit dem Stereotyp des Snobs oder eines Neureichen. Oder ein Tölpel. Dieser handelt kurios oder extrem umständlich und macht Dinge durch eine unabwendbare Kompliziertheit schwer oder gar nicht erreichbar, was insgesamt normalerweise in einem belustigenden Schauspiel endet.", las jemand auf seinem Smartphone vor, um Florians Frage damit beantworten zu Können und gab schlussendlich noch seine Quellenangabe preis. „Also zumindest laut Wikipedia."

Die Gruppe stimmte in ein gemeinsames, grölendes lachen ein und sie waren sich einig, dass die gerade vorgetragene Definition haargenau auf den Kerl passte.

Nachdem sich alle soweit ausgelacht hatten, fragte jemand denjenigen, der die Sprache darauf gebracht hatte, wie er auf das Thema gekommen sei.

„Och, ich habe vorhin eine Frau gesehen, die mich an sie erinnert hatte und da musste ich daran denken, dass ich neulich in den Todesanzeigen in der Zeitung gelesen habe, dass sie tot sei."

Diese Aussage, die so trocken daherkam, führte zu einem unmittelbaren Schweigen der Gruppe. Alle schauten sich etwas betroffen und peinlich berührt an. Manchen Menschen scheint so etwas wie ein natürliches Schamgefühl zu fehlen.

Florian nutzte diese Gelegenheit, um sich mal von der Gruppe abzusetzen und sich auf das stille Örtchen zu verziehen.

Auf dem Weg zum WC musste er den Saal verlassen und dann einmal rechts am Treppenhaus vorbei. Während er in Richtung Ausgang marschierte, begutachtete er schon einmal das Buffet.

Er hatte schon erlebt, dass es bei manchen Feiern einen Trend dazu gab besonders außergewöhnliche Speisen anzubieten. Meist lag der Fokus dabei auf vegetarischen oder veganen Gerichten.

Aber hier konnte ihm das nicht passieren. Ralf gehörte noch zur alten Schule und auf dem langgezogenen Tisch waren nur Klassiker zu finden. Und auf jeden Fall genug Auswahl an

Fleisch. Darauf würde Florian sich gleich stürzen, wenn er zurückkäme.

Nachdem er die Toilette gefunden und sein dringendes Geschäft erledigt hatte, wollte er wieder zurück gehen zu der Feier.

Jedoch kam er ins Stocken, als er den breiten Treppenaufgang passierte. Ihm stach ein Schild ins Auge, welches vor der Treppe aufgestellt war.

Dort stand geschrieben: ‚Hochzeit von Markus und Daniela.‘ Daneben war ein Pfeil abgebildet, der in Richtung Aufgang der Treppe zeigte.

‚Markus und Daniela‘ murmelte Florian vor sich hin. Da klingelte etwas in ihm. Das konnte doch nicht sein. Nein. Oder doch? War das etwa die Hochzeit seines besten Freundes Markus? Seines ehemaligen besten Freundes Markus. Der Markus, der ihn brutal enttäuscht hatte. Mit der armen Daniela, die genauso betrogen wurde, wie er selbst. Heirateten die beiden nun etwa?

Er konnte sich nicht daran erinnern, dass die beiden das schon lange geplant hatten. Eine Einladung hatte er natürlich auch nicht erhalten.

Vielleicht war das auch nur ein blöder Zufall und ein anderes Paar mit den gleichen Namen, feierte hier einfach nur seine Hochzeit. Sollte er da jetzt hoch gehen und sich Gewissheit verschaffen?

Während er noch überlegte, kam ihm von vorne ein, in ein Gespräch vertieftes, Pärchen entgegen. Er erkannte die beiden und drehte sich schnell weg, damit sie ihn nicht auch erkennen würden. Das feierlich gekleidete Pärchen, Freunde von Markus, folgte dem Schild die Treppe nach oben.

Also doch, dachte Florian. So ein Mist. Warum ausgerechnet heute. Warum ausgerechnet hier.

Florians Stimmung änderte sich schlagartig. Er konnte jetzt nicht einfach zurück zu der Geburtstagsfeier gehen. Er brauchte erstmal einen starken Drink. Also drehte er um und begab sich in Richtung Hotelbar.

Kapitel 13 – Bargeflüster

Florian fand sich an der Theke der schicken Hotelbar wieder. Den Schock musste er erst einmal verdauen. Gerade als er wieder anfing positiv zu denken und wieder auszugehen, holte ihn die Vergangenheit ein und trat ihm mit Stahlkappenschuhen gegen das Schienbein.

Er bestellte sich erst einmal ein Herrengedeck, um all die negativen Gedanken, die jetzt in seinem Kopf herumschwirrten, runter zu spülen.

Der Barkeeper guckte Florian etwas verwirrt an bei seiner Bestellung. Es lag vermutlich daran, dass dieser erst circa Mitte zwanzig war und nicht die leiseste Ahnung hatte, was damit gemeint war.

„Ein Bier und ein Korn, bitte.", übersetzte Florian für ihn die Bestellung in eine verständlichere Sprache. Damit konnte der Barkeeper etwas anfangen.

Nach Erhalt der Getränke, leerte Florian sowohl die Spirituose als auch das Bier in jeweils einem Zug und bestellte das gleiche nochmal.

Bei der zweiten Runde ging der Fusel daraufhin wieder in einem Zug runter, aber beim Bier ließ er sich jetzt etwas mehr Zeit und nahm zunächst mal nur einen Schluck.

Er drehte sich nun in Blickrichtung zum Raum hin und beobachtete leicht melancholisch die anwesenden Menschen.

Hier befanden sich jede Menge kurioser Gestalten, dachte Florian bei sich.

Ein älterer Typ, dem anzusehen war, dass Geld für ihn keine Rolle spielte, saß da in einem Sessel an einem kleinen runden Tisch, auf dem ein Kübel mit einer gekühlten Flasche Champagner sowie zwei gefüllter Gläser standen. Vor ihm tanzte eine junge, hübsche Frau und hielt dabei seine Hand fest. Sie wollte die ganze Zeit über tanzen und versuchte ihren älteren Lover ebenfalls dazu zu motivieren. Jedoch übertrug sich der Bewegungsdrang nicht auf den älteren Herrn.

Die junge Frau blieb allerdings geduldig am Ball und schaffte es ihn beim nächsten Liedwechsel zu sich hoch zu hieven. Ein ganzes Lied lang tanzten sie zusammen, wobei er sich darauf beschränkte seinen Oberkörper im Takt etwas hin und her zu bewegen, währenddessen sie sich von allen Seiten an ihm zu reiben schien. Sie ging runter bis in die Knie während sie gleichzeitig ihren Hintern in seinen Schritt presste. Nach etwa drei Minuten dieses seltsamen Paarungstanzes setzten sich beide wieder hin und schlürften ihren Moet.

Doch der Moment des Ausruhens währte nur kurz, denn schon das nächste Lied gefiel der jungen Frau so gut, dass sie wieder aufsprang und erneut versuchte den armen Mann zum Tanzen zu bewegen. Der hatte wohl keine Wahl und musste gehorchen, wenn er bei der jungen Dame noch landen wollte. Nur teure Drinks ausgeben reichte nicht. Das war harte Arbeit.

An einem anderen Tisch sah Florian ein Pärchen, welches sich etwas unbeholfen durch die Gin-Karte probierte. Das war aktuell das Modegetränk schlecht hin.

Es gab verschiedenste Sorten Gin und verschiedenste Sorten Tonic Water. Dementsprechend gab es unzählige Möglichkeiten diese zu kombinieren. Das war eine eigene Wissenschaft für sich.

Florian hatte sich auch mal daran probiert, nachdem er schon den Whiskey-Trend ausgelassen hatte, musste aber feststellen, dass das nichts für ihn war. Er war eben ein klassischer Biertrinker. Hin und wieder mal einen Schnaps dazu, aber sonst nichts anderes. Keinen Wein, keine Cocktails oder sonstige Longdrinks. Da war er relativ einfach gestrickt.

Aber das Pärchen wirkte trotz der Unsicherheiten bei der Gin-Karte sehr harmonisch und glücklich zusammen. Es erinnerte ihn an die guten Zeiten mit Lisa und ließ ihn im gleichen Moment wieder von Traurigkeit erfüllen, weil er das verloren hatte. Und das vermisste er.

Etwas weiter vorne auf der kleinen Tanzfläche der Bar, begutachtete Florian ein anderes Pärchen, welches wild entschlossen war zu jedem angespielten Lied Discofox zu tanzen, sogar zu dem Hit ‚Sex Machine' von James Brown. Das war vermutlich der einzige Tanz, den sie beherrschten.

Durchkreuzt wurde diese Szene von einem anderen tanzenden Pärchen, welches ihn stark an das erste erinnerte, lediglich in umgekehrter Ausrichtung.

Hier hatten wir eine ältere Frau, Florian schätze sie auf etwa Mitte fünfzig, und einen noch recht jungen Mann, mit offenbar ausländischen Wurzeln.

In diesem Fall waren jedoch beide sehr tanzwillig und scheuten sich nicht davor ihren extrovertierten Tanzstil öffentlich zur Schau zu stellen.

Zum Teil war es schon etwas übertrieben, wie Florian befand, da man in manchen Momenten nicht unterscheiden konnte, ob die Bewegungen noch zum Tanzen oder bereits zu einem ausgeprägten Vorspiel gehörten.

Die Szene gipfelte in einem Augenblick, wo die Dame in der Nähe der Bar stand und der junge Mann rund sieben Meter von ihr entfernt. Sie sahen sich beide tief in die Augen. Dann rannte sie los und holte zu einem Sprung aus, den sie in seinen Armen beendete und seinen Körper mit ihren Beinen fest umschlang. Wie eine Schlange, welche danach zehrte, seine Beute langsam zu verschlingen.

Das war die wahrhaftige bildliche Darstellung des Ausdrucks ‚Jemanden zu Bespringen‘, dachte sich Florian und musste dabei, leicht irritiert von der Situation, etwas schmunzeln. Doch das Schmunzeln wich schnell wieder einem etwas gequälten, leicht deprimierten Gesichtsausdruck.

Dann verschwanden die beiden aus der Bar. Vermutlich in Richtung eines der Zimmer, wie Florian vermutete.

Dafür betraten nun drei andere Gestalten die Bar. Florian identifizierte sie als drei aufgetakelte jungen Frauen, die irgendwoher aus dem Ostblock stammen könnten.

Sie nahmen mit etwas Abstand zu Florian an der Theke Platz. Sie bestellten nichts. Stattdessen taxierten sie den Raum. Für Florian sahen sie aus wie Raubtiere auf der Suche nach Beute. Hin und wieder tanzten sie jemanden an, den sie wohl für gut betucht hielten.

Nach kurzer Zeit stiegen die ersten Opfer darauf ein und spendierten auch zu gleich ein paar Drinks. Bei einigen dieser Männer konnte Florian Eheringe erkennen, aber das schien weder die Männer noch die Frauen in irgendeiner Weise besonders zu stören.

Florian verabscheute dieses Verhalten. Die hatten wohl keine Ahnung wie viel Schmerz sie anderen Menschen damit antun konnten. Das wusste er schließlich selbst nur zu gut. Aber vielleicht war es ihnen auch einfach egal. Hauptsache der Beutezug war erfolgreich. Florian nahm noch einen großen Schluck Bier.

Diese ganzen zwischenmenschlichen und sozialen Aspekte waren einfach viel zu kompliziert, dachte er sich. Als hätte sich das derselbe Typ ausgedacht, der für das Regelwerk der EM 2020 verantwortlich war. Nein, nicht ganz. Da war noch komplizierter. Warum konnte das alles nicht ganz einfach sein.

Während Florian sich selbst diese Frage stellte, welche vor ihm bestimmt noch kein anderer Mensch gestellt hatte, setzte er erneut zu einem großen Schluck an und ließ seinen Blick durch den Raum wandern.

Auf der anderen Seite der Bar, in einer dunklen Ecke, nahm er plötzlich eine Figur war, die ihm bis zu diesem Moment noch nicht aufgefallen war. Er schaute etwas genauer hin und bei näherer Betrachtung kam ihm diese auch irgendwie bekannt vor. Es war ein Mann und Florian erkannte ihn. Das konnte doch wirklich sein. Da saß allen Ernstes der Zauberer. Der große Panini.

Er saß da ohne sein Kostüm. Ohne Umhang, ohne seinen langen, künstlichen Bart und ohne den großen Spitzhut. Florian hätte ihn so in zivil fast gar nicht wahrgenommen, denn im Prinzip, war er eher eine recht unscheinbare Person. Aber das Gesicht des Zauberers hatte einen großen Wiedererkennungswert.

Florian schnappte sich noch ein neues Bier und marschierte rüber zu dem Mann, der ihm noch vor Kurzem hinten rein gefahren war.

„Wir kennen uns doch?", fragte er vorsichtig nach.

Der Zauberer hatte Florian bereits vorher bemerkt und war nicht überrascht als dieser ihn ansprach und begrüßte ihn herzlich.

„Ich möchte Dir noch mal aus vollem Herzen danken, dass Du so zuvorkommend gehandelt hast bei unserem kleinen Unfall. Dank Dir habe ich es rechtzeitig zu dem Auftritt geschafft und weil der so gut lief, wurde ich auch direkt für einige Folgeauftritte gebucht."

Tatsächlich war es so, dass der Zauberer das von Florian ihm entgegengebrachte Vertrauen bei dieser Geschichte nicht missbraucht hatte. Florian hatte den kleinen Schaden in einer Werkstatt eines Bekannten reparieren lassen und schickte die Rechnung sowie seine Bankinformationen an die E-Mailadresse, die auf der Visitenkarte angegeben war. Und nur wenige Tage später war das Geld auch auf seinem Konto. Das hatte reibungslos funktioniert.

„Wie geht es Dir mein Freund?", unterbrach der Zauberer Florians Gedankengang.

Nicht gut. Ganz und gar nicht gut, hätte Dieser eigentlich sagen sollen. Aber er hatte keine Lust seine Probleme und sein Gefühlschaos vor einem Fremden auszubreiten, also sagte er einfach in klassischer Smalltalk-Manier, dass alles in bester Ordnung sei.

„Ich habe Dich beobachtet."

Florian verstand nicht so ganz, was ihm der Zauberer damit sagen wollte und schaute ihn etwas verwirrt an.

„Weißt du, ich habe da so eine Theorie. Meiner Meinung nach gibt es zwei Arten von Menschen. Die einen lernen durch das Stellen von Fragen und die anderen lernen durch Beobachten. Diejenigen, die Fragen stellen, lernen natürlich schneller, weil das Beobachten mehr Zeit in Anspruch nimmt. Aber nur durch Fragen kann man kein neues Wissen schaffen, weil man sich ja nur auf die Antworten anderer bezieht, also auf das Wissen was andere bereits haben. Das hat zudem den Nachteil, dass man sich darauf verlassen muss. Das bedeutet aber nicht unbedingt, dass es auch wahr ist, was wiederum zu Fehlannahmen führen kann."

Florian hörte dem Zauberer zu, wie er so vor sich hin philosophierte, wusste aber nicht genau, was er eigentlich damit sagen wollte. Der Zauberer interpretierte Florians Gesichtsausdruck entsprechend und versuchte nun auf den Punkt zu kommen.

„Ich habe Dich gefragt wie es Dir geht und Du hast geantwortet, dass er Dir gut ginge. Aber ich habe Dich vorher auch schon eine Weile beobachtet. Ich habe beobachtet, wie Du Dich allein an die Bar gesetzt hast, wie Du einen Drink nach dem anderen in Dich reingekippt hast und wie Du mit einer leicht depressiven Miene die anderen Pärchen hier im Raum begutachtet hast. Dein Verhalten deutet darauf hin, dass es Dir eben nicht gut geht. Und da Du zunächst nicht die Wahrheit gesagt hast, muss die Ursache dafür sehr persönlicher Natur sein."

Jetzt fühlte Florian sich ertappt und wusste gar nicht genau wie er jetzt reagieren sollte. Eigentlich wollte er im Moment mit niemanden darüber reden, aber auf der anderen Seite fühlte er eine gewisse Vertrautheit dem Zauberer gegenüber, auch wenn er nicht erklären konnte wieso. Vielleicht war es ja gar nicht so schlecht mal mit einer neutralen Person zu reden.

Dann bestellten sie noch etwas zu trinken und Florian erzählte dem Zauberer die ganze Geschichte. Manchmal erfährt man die ganze Wahrheit nur mit einer Kombination aus Beobachten und dem Stellen der richtigen Fragen, dachte der Zauberer.

„Das hat wirklich gut getan mal mit jemanden darüber zu sprechen. Danke, dass Du Dir die Zeit genommen hast mir zuzuhören.", sagte Florian am Ende ihres Gespräches.

„Das ist kein Problem. Ich war sowieso nur dabei die Zeit tot zu schlagen.", antwortete dieser.

Florian warf ihm einen fragenden Blick zu.

„Das führt mich zu der Frage wieso du eigentlich hier bist." Der Zauberer nahm einen Schluck seines alkoholfreien Weizens bevor er auf Florians Frage einging.

„Nun ja. Um ehrlich zu sein bin ich hier wegen eines Auftritts. Ich habe Dir doch erzählt, dass ich dank Dir einige Folgeauftritte an Land ziehen konnte. Also wegen einer dieser Folgeauftritte bin ich hier. Gleich muss ich mich noch umziehen und dann werde ich bei einer Hochzeit auftreten, die hier irgendwo stattfinden soll."

Florian stellte sein Glas ab und wischte sich den Mund ab, als er das hörte.

„Das ist nicht Dein Ernst. Doch nicht etwa bei der Hochzeit von Markus und Daniel, oder?", fragte er ungläubig.

„Doch, doch. Die Hochzeit von Markus und Daniela. Genauso hießen die beiden. Einer der Anwesenden bei meinem

Auftritt zu dem ich bei unserer Begegnung unterwegs war, hat mich dort spontan als Überraschungsauftritt für die Hochzeit der beiden gebucht."

Der Zauberer begriff auch erst in diesem Augenblick, was das bedeutete. Der Zufall muss Sinn für Ironie haben, dachten beide gleichzeitig, aber unausgesprochen, dass die beiden sich hier heute wiedergetroffen haben und der Zauberer auf der Hochzeit von Florians ehemaligen besten Freundes auftreten würde, nachdem dieser sowohl Florian als auch Daniela betrogen hat und diese nun auch noch heiraten wollte.

Florian konnte es einfach nicht glauben. Aber so war es. Und jetzt saßen die beiden hier. In diesem Hotel. Am Tag der Hochzeit. Er dachte einen Moment lang über diese Situation nach.

„Ob das ein Wink des Schicksals war, dass ausgerechnet Du es warst, der mir hinten rein gefahren ist.", unterbrach Florian als erster die Stille, die für einen kurzen Moment eingekehrt war und fügte dann noch hinzu „mit dem Auto", um keine Missverständnisse aufkommen zu lassen.

„Sieht fast so aus.", antwortete der Zauberer.

Florian rang innerlich mit sich selbst. Etwas gärte in ihm. Eine Art Racheplan, der sich vor seinem geistigen Auge zu entfalten schien.

In diesem Moment saßen gleichermaßen ein Engelchen und ein Teufelchen auf seinen Schultern. Er fragte sich was würde Charly tun in seiner politisch unkorrekten fast schon blasphemischen Art und Weise. Denn die Frage hatte nichts mit dem Vietnamkrieg zu tun, sondern war eine von Florian kreierte Paraphrasierung der Frage, was würde Jesus tun. Wobei der schwarze Humor im Subtext erst so richtig mitschwingt, wenn man dazu die Information hat, dass Charly beim Doppelkopfspiel eine andere Bezeichnung für den Kreuzbuben ist.

Es gab nur wenige Menschen, die seinen Humor richtig verstanden und sich nicht gleich angegriffen fühlten oder versuchten den Moralapostel zu spielen. Auch für Florian gab es Grenzen, aber er war dennoch der Meinung, dass man nicht gleich jeden Spruch oder jedes Wort überbewerten sollte. Für ihn war das auch eine Art Ventil.

Nach einem harten Kampf zwischen dem guten und dem gefallenen Engel, welche ihm von beiden Seiten jeweils ihre gegensätzlichen Meinungen zuflüsterten, setzte sich letzten Endes der nicht so gute Engel durch.

Florian rechtfertigte sich das selbst mit der Ansicht, dass auch er einmal böse sein dürfe.

„Ich hätte da eine Idee. Aber dazu brauche ich Deine Unterstützung. Würdest Du mir helfen?".

Florian hatte bei dieser Frage einen leicht verschwörerischen Gesichtsausdruck. Der Zauberer sah im tief in die Augen, als er antwortete.

„Ja, klar. Du hast schließlich noch etwas gut bei mir."

Dann stießen beiden an und Florian erklärte ihm seinen Plan.

Manchmal ist das Leben wie ein Friseurbesuch. Dann muss man einfach mal einen harten Schnitt machen. Und wer sagt denn, dass so ein Cut nicht von einem pompösen Feuerwerk begleitet werden darf.

Kapitel 14 – Der Trick mit der Jungfrau

Es war etwa gegen zehn Uhr am Abend, als sich Florian heimlich unter die Hochzeitsgesellschaft mischte. Gleich war es soweit. Gleich würde der Auftritt des Zauberers beginnen und er könnte Markus und Lisa in aller Öffentlichkeit bloßstellen.

Außerdem würde er gleichzeitig Daniela einen großen Gefallen erweisen, wenn sie die Wahrheit über ihren Göttergatten erfahren würde. Vom Timing wäre es zwar besser gewesen, wenn er sie vor der Hochzeit über die Wahrheit hätte aufklären können, aber darauf hatte er keinen Einfluss. Besser jetzt als noch später oder gar nie, dachte er und rechtfertigte für sich den Plan, den er mit dem Zauberer ausgeheckt hatte.

Florian hielt sich lieber möglichst unauffällig im hinteren Bereich der Räumlichkeit auf, um nicht erkannt zu werden, aber noch so, dass er alles gut mitbekommen konnte.

Bevor aber der Zauberer die Bühne betrat, beobachtete er zunächst noch eine andere interessant Szene.

Den Porsche, den er vor dem Hotel gesehen hatte, war wohl tatsächlich jener, der seinem besonderen Freund Hans-Martin gehörte. Er sah ihn nämlich etwas weiter vorne stehen, wie er sehr innig mit einer großgewachsenen Blondine mit jeder Menge Holz vor der Hütte flirtete, vermutlich in der Hoffnung dieses ausgiebig bearbeiten zu dürfen.

Etwas abseits davon entdeckte er Jana, mit der Hans-Martin wohl ursprünglich in Begleitung hier war, wie sie die gleiche Szene mit angewidertem Gesichtsausdruck ebenfalls beobachtete.

So ein blödes Arschloch, dachte Florian bei sich. Aber Mitleid hatte er mit Jana nicht. Sie hatte sich diesen Typen schließlich ausgesucht und ihn selbst für diesen Spacko abgeschossen. Wenn sie seinen wahren Character nach der ganzen Zeit nicht durchschauen konnte, musste sie es eben auf die harte Tour lernen.

Florian näherte sich vorsichtig ein Stück an die beiden heran, um etwas mehr von der Situation mitzubekommen. Was Florian an plumpen Anmachsprüchen und überzogener Selbstdarstellung mitbekam, war an Peinlichkeit kaum zu überbieten. Sprüche wie:

„Du bist so heiß. Kein Wunder, dass die Gletscher schmelzen. Sind deine Eltern Architekten oder warum bist du so verdammt gut gebaut? Glaubst du an die Liebe auf den ersten Blick oder muss ich nochmal reinkommen? Ich bin ein großer Freund von Hunden. Darf ich mal deine Möpse streicheln? Ich bin vom ADAC. Darf ich dich heute Nacht abschleppen? Deine Augenfarbe würde wirklich hervorragend zu meiner Bettwäsche passen."

Anstatt jedoch entsetzt über diese billige Sprüche-Lawine zu sein, war die junge Dame sehr angetan von der Aufmerksamkeit.

Solche Dinge konnte Florian einfach nicht verstehen. Wie konnte sich eine Frau, die bei Sinnen war, nur auf so jemanden einlassen.

Manche Dinge sind unerklärlich. So wie die Tatsache, dass die Handykameras vor zehn Jahren schon bessere Bilder lieferten als heutige Überwachungskameras.

Aber vielleicht waren diese Frau auch gar nicht bei Sinnen. Vielleicht setzte bei Ihnen irgendetwas aus, wenn eine bestimmte Sorte Männer um sie warben, völlig egal was sie dabei sagten.

Zuletzt bekam er noch mit, dass Hans-Martin der Blondine sagte, sie solle schon mal vorfahren zur ihr nach Hause. Er würde dann ganz schnell nachkommen.

Nach einem dicken Schmatzer auf den Mund verließ die Vollbusige dann die Feier.

Hans-Martin hingegen bewegte sich rüber zu dem Tisch an dem Jana mit entsprechend mieser Laune saß. Allerdings war es nicht seine Absicht mit ihr zu sprechen und sich in irgendeiner Form zu entschuldigen oder ähnliches. Er wollte lediglich seine Jacke holen, welche über der Stuhllehne daneben hing.

Als er sich wortlos umdrehen wollte, um dem zweigipfligen Gebirge zu einer Bergwanderung zu folgen, griff Jana ihm am Arm und hielt ihn fest. Danach warf sie ihm ein paar deftige Worte an den Kopf. Einige Gäste drehten sich irritiert und etwas schockiert zu ihnen um, auf Grund der Wortwahl und der Ausdrucksweise.

Hans-Martin jedoch ließ das alles kalt. Er sagte nur:

„Wie sagte der Steg zum Matrosen? Du bist auf dem Holzweg. Ich bin nicht dein Eigentum und ich kann machen was ich will. Ich glaube ich muss die Anzeige wegen Diebstahls wieder zurücknehmen, denn wie sich herausgestellt hat, hast Du doch nicht mein Herz gestohlen. So ist das Leben, Kleines. Mal verliert man und mal gewinnen die anderen. Aber ruf mich bitte nicht mehr ständig an, so wie beim letzten Mal. Wenn dann melde ich mich bei dir, Baby."

Dann zwinkerte er noch zu und verließ dann ebenfalls den Raum. Jana war bedient.

Jetzt tat sie ihm doch etwas leid. Auch wenn sie sich ziemlich mies ihm gegenüber verhalten hat, war sie ja immerhin noch ein süßes Ding.

Aber jetzt verdrängte Florian diese Gedanken ganz schnell wieder und zog sich wieder etwas in den Hintergrund zurück. Denn auf der Bühne wurde nun der Zauberer angesagt.

Dann begann die Show. Das Licht verdunkelte sich. Der etwas schmächtig wirkende Mann, der sich selbst nur den großen Panini nannte, betrat in voller Kostümmontur die kleine Bühne, begleitet von etwas künstlichen Nebel, welcher mit einem Zischen von zwei dafür vorgesehen Maschinen erzeugt wurde.

Nach einer kurzen, einleitenden Vorstellung seiner selbst war nun die Zeit für den ersten Trick gekommen.

Er behauptete, dass er seinen Zauberstab vergessen habe und stattdessen habe er nur dieses kleine Stück eines weißen Seils dabei, welches er dem Publikum präsentierte.

Da dieses jedoch nur schlaff herunterhing, konnte er damit nicht viel anfangen. Deshalb sagte er, dass er Hilfe brauch von einer Person aus dem Publikum.

Viele meldeten sich noch nicht freiwillig, deshalb wählte er eine hübsche, leicht bekleidete junge Frau aus der ersten Reihe aus. Diese wollte zunächst nicht so recht mit auf die Bühne kommen und schaute sich etwas verlegen um. Aber als der Zauberer ihre Hand nahm und die anderen Gäste sie mit Klatschen und Zwischenrufen dazu animierten, gab sie schließlich nach und folgt ihm.

Er hatte noch immer das eine Ende des Seils in der Hand. Dann forderte er sie auf das andere Ende in die Hand zu nehmen und das Seil stramm zu ziehen, was sie auch tat. Danach sollte sie beginnen mit der anderen Hand das Seil sanft zu streicheln.

Wieder folgte sie seiner Anweisung. Während sie also das Seil streichelte, sagte der Zauberer eine Art Spruch auf: „Abrakadabra. Dreimal schwarzer Kater. Auf der Bühne seht ihr live. Was vorher schlaff war ist nun steif."

Auf eine Geste des Zauberers hin, ließ die junge Frau das Seil nun los. Entgegen der Erwartung fiel es nicht wieder herunter, sondern verharrte in der stramm gezogenen Position, so als hätte es sich in einen Stab verwandelt. Das Publikum klatschte begeistert und der Zauberer bedankte sich für die Unterstützung der Dame als seine vorübergehende Assistentin.

Jetzt, wo er einen Zauberstab hätte, könne er auch richtig loslegen, sagte er, während die junge Frau sich wieder zu ihrem Platz begab. Ganz schön anzüglich diese Show, dachte sich Florian. Das Eis war auf jeden Fall schon mal gebrochen.

Für seine nächste Performance kramte der Zauberer ein paar metallene Ringe hervor. Jetzt kam wohl das chinesische Ringspiel an die Reihe.

Florian ging gedanklich nochmal den abgesprochenen Ablauf durch. So etwas hatte Florian schon mal in anderen Aufführungen gesehen.

Damals hatte er nicht die leiseste Vorstellung davon, wie so etwas funktionieren könne. Die Ringe waren aus stabilem Metall. Er hatte selbst schon so einen mit den eigenen Händen untersucht und konnte nichts Verdächtiges feststellen. Dann wurden die Ringe wild ineinander geschlagen und hingen auf einmal wie die

Glieder eine Kette zusammen, nur um im nächsten Moment wieder von einander getrennt zu werden.

Das Ringspiel erinnerte an das Beziehungs-Hin und Her einiger Prominenter. Mal zusammen, mal getrennt. Mal waren drei Ringe miteinander verbunden und mal vier. Er konnte sogar unterschiedliche Figuren damit darstellen, wie ein Ohrring, eine Einkaufstasche oder einen Würfel.

Es sah sehr faszinierend aus und das Publikum ging voll mit. Leider war es etwas desillusionierend herauszufinden, wie dieser Trick tatsächlich funktionierte.

Florian war natürlich neugierig gewesen und hatte gefragt, ob der Zauberer ihm den Trick zeigen könnte und als dieser einwilligte, verschwand leider danach ein Stück der geheimnisvollen Magie aus Florians Welt.

In dem Moment fühlte er ein Stück Enttäuschung. Hätte er damals bereits alle Ringe untersucht und nicht nur den einen, dem man ihm gab, hätte er es schon damals gemerkt. Aber manchmal überzieht die Illusion den Verstand mit einem magischen Schleier.

Zu den übrigen Tricks, wollte Florian die Auflösungen dann lieber nicht mehr erfahren, um sich die Überraschung nicht zu verderben. Zumindest bis auf den letzten Trick. Dabei ging es schließlich um das große Finale. Aber soweit war es jetzt noch nicht.

In der Folge führte der talentierte Zauberer noch eine Reihe weiterer spektakulärere Illusionen vor, mit denen er das Publikum begeisterte.

So ließ er zum Beispiel eine Prise Salz von einer Hand in die anderen wandern, als hätte er es mit seiner Gedankenkraft dorthin teleportiert.

Neben ein paar Ausflügen in das Reich der Mentalisten, bei dem er scheinbar die Gedanken der Gäste zu erraten schien, verschluckte er dann noch ein ganzes Schwert.

Der Typ war gut und hatte eine ganz schön große Bandbreite drauf. Das Publikum ging mit, auch wenn das zum Teil an den zahlreichen alkoholischen Getränken lag. Florian fragte sich, warum es wohl in der Vergangenheit beruflich nicht so gut lief bei ihm. Vielleicht waren Zauberauftritte einfach nicht so sehr gefragt. An seinen Fähigkeiten lag es jedenfalls nicht.

Nach einer Weile war es dann soweit. Das große Finale seiner Show sollte beginnen. Mit einer pompösen Ansprache, begleitet von weiterem Zischen der beiden Nebelmaschinen, kündigte er diesen ganz besonderen Trick an.

Auf der Bühne zog er nun die vier Seitenwände nach oben, welche zuvor noch flach auf dem Boden lagen. Fertiggestellt ergaben sie eine quaderförmige Box. Die Außenwände dieser Box waren dabei in dunklen Farbtönen zwischen Blau und Schwarz gehalten und mit fremdartigen Zeichen und Symbolen verziert.

Nachdem die Vorbereitungen abgeschlossen waren, behauptete der Zauberer nun, dass er eine echte Jungfrau bräuchte. Im Publikum fühlte sich jedoch niemand angesprochen.

Jemand aus der hinteren Reihe grölte leidglich, dass er so etwas hier nicht finden würde, woraufhin großes Gelächter im Raum ausbrach. Dann zeigte er auf die Braut und sagte:

„Da Du ja gerade erst geheiratet hast und dich bestimmt an die religiösen Keuschheitsgesetze in Bezug auf das voreheliche Leben gehalten hast, bist Du bestimmt genau die richtige Person für meine Performance."

Daniela guckte etwas schamvoll in die Runde, worauf wieder einige Lacher folgten.

„Keine Sorge Kleines. Vom Sternzeichen her reicht es auch.",
ergänzte der Zauberer dann seine Aufforderung.

Sie war tatsächlich im Sternzeichen der Jungfrau geboren.
Und ein drittes Mal erntete er Lacher vom Publikum. Dann zierte
sich Daniela nicht länger und folgte seiner Bitte auf die Bühne zu
kommen.

Während die Nebelmaschinen nochmals ein Zischen mit rau-
chigem Ausstoß hervorbrachten, flüsterte der Zauberer Daniela
einige Sätze ins Ohr. Dem Publikum erklärte er, dass er die junge
Braut lediglich etwas beruhigt habe und dass sie keine Angst haben müsse. Aber Florian wusste, was er ihr wirklich sagte.

Der Ablauf war klar und abgesprochen und da die beiden auf
etwas Mithilfe der unfreiwilligen Assistentin angewiesen waren,
musste sie sie in einige Punkte einweihen.

Zunächst würde der Zauberer eine Seitentür, der auf der
Bühne befindlichen Box öffnen. Daniela sollte dann die Box
durch diese Seitentür betreten, welche anschließend dann wieder
geschlossen würde.

In diesem Moment würde sich dann die kleine Falltür öffnen,
die sich am Boden innerhalb der Box befand. Daniela fiele dann

herunter in einen kleinen Abstellraum, unterhalb der Bühne, genau auf eine vorher dort platzierte Matte, so dass sie sich nicht verletzte.

Nach ein paar Showeinlagen des Zauberers, sollte dieser dann alle vier Außenwände der Box aufklappen und zu Boden fallen lassen. Und dort wo vorher noch die Box gewesen war, welche Daniela noch kurz zuvor betreten hatte, würde das Publikum dann niemanden mehr sehen. Die Braut wäre verschwunden. Aber das war nur der erste Teil ihres Plans.

Im nächsten Schritt würde der Zauberer Markus erklären, dass er sich keine Sorgen machen solle. Er würde seine Braut unversehrt zurückerhalten, allerdings müsse er dafür etwas tun. Er wird aufgefordert ein sündiges und schmutziges Geheimnis von sich preis zu geben. Wenn das Geheimnis in den Augen des Zauberers schmutzig und sündig genug ist, dann soll er mit seiner Daniela wieder vereint werden.

Für Florian und den Zauberer ist natürlich klar, dass es nur genau eine Sache gibt, die sie von Markus hören wollen. Nämlich seine Affäre mit Lisa zuzugeben.

Erst wenn er das täte, würde der Zauberer den Trick fortsetzen. Die beiden waren sich bewusst, dass dies die heikelste Stelle an ihrem Plan war, denn schließlich konnten sie nicht genau seine

Reaktionen vorherahnen. Aber Florian machte den Vorschlag sich im richtigen Moment zu offenbaren und dann Markus so weit zu provozieren, bis er es vor allen Leuten zugäbe.

Auch Daniela, die vom Abstellraum unter der Bühne alles hören können sollte, würde dann die Wahrheit über ihren frisch angetrauten Gatten erfahren. Wenn die Zeit dann reif war und der Zauberer den Trick fortsetzte, indem er die Box wieder aufbaute und dabei einige Worte sprach, sollte Daniela über eine kleine vorher dort platzierte Leiter wieder nach oben klettern.

Wenn der Zauberer dann anschließend die Box wieder öffnete, stände die verschwundene Braut wieder dort auf der Bühne, als wäre sie nie weg gewesen.

Ein toller Trick, wie Florian befand. Aber das Beste wäre das was dann wohl in der Folge passieren würde. Die Braut wäre stink sauer auf Grund des Betrugs ihres Göttergatten, so wie auch alle anwesenden Gäste. Die Feier würde hochgehen wie eine Bombe.

Florians Gedanken überschlugen sich, beim Ausmalen dieser Szenen. Damit hätte er es Markus so richtig heimgezahlt. Und

Lisa, die ja auch dort war, wäre ebenso bloßgestellt, als angeblich so gute Freundin der Braut.

Vielleich könnte er auf diese Weise dann endlich mit dieser Geschichte abschließen und nochmal ganz neu anfangen.

Aber erst mal eins nach dem anderen, dachte Florian und beobachtete, wie Daniela die Box betrat und der Zauberer die Seitentüren wieder blickdicht verschloss.

Dann lief alles genauso ab, wie sie es geplant hatten. Als der Zauberer die Seitenteile der Box allesamt aufgeklappt hatte und die Braut verschwunden war, ging ein Raunen durch die Reihen der Hochzeitsgesellschaft.

Die Falltür in der Mitte der Box am Bühnenboden war natürlich für niemanden sichtbar. Der Zauberer wollte noch einen kleinen Scherz hinzufügen und sagte:

„Bis hierin klappt der Trick immer, nur das Zurückbringen hat bisher noch nicht so hingehauen."

Dafür erntete er ein paar Lacher. Wesentlich mehr Gelächter erzeugte jedoch ein anderer Gast, der von hinten rein rief, ob er den Trick später auch mit seiner Frau machen könnte, also nur den ersten Teil. Von seiner Frau, die direkt neben ihm saß, bekam er hingegen nur einen bösen Blick zugeworfen.

Im Anschluss ging der Zauberer über zur heiklen Stelle ihres Planes. Wie abgesprochen erklärte er Markus die Situation und forderte ihn auf sein schmutziges Geheimnis preiszugeben.

Wie erwartet guckte dieser erst einmal etwas irritiert und verstand nicht so recht. Also wiederholte der Zauberer seine Aufforderung. Markus schien etwas nervös zu werden und versuchte die Situation zu überspielen. Er offenbarte, dass er als Kind im Dorfladen mal einen Kaugummi hat mitgehen lassen. Aber das war es nicht was der Zauberer von ihm hören wollte und das teilte er ihm auch mit.

Allmählich wurde Markus ungeduldig, versuchte aber die Beherrschung zu behalten im Rahmen seine Gastgeberrolle auf seiner eigenen Hochzeit.

In einem bestimmten aber noch freundlichen Ton forderte Markus ihn jetzt auf den Kindergarten zu beenden und den Trick abzuschließen. Doch dieser blieb stur.

„Gleich klatscht es. Aber keinen Beifall.", wurde Markus Ton nun deutlich rauer.

Nun schauten auch die restlichen Gäste etwas irritiert umher, da sich die Stimmungslage schlagartig geändert hatte.

Jetzt war die Zeit gekommen, wo sich Florian in die Geschichte einschalten musste.

„Du weißt ganz genau was gemeint ist.", rief er von hinten. Alle drehten sich zu ihm um. Einige erkannten ihn, andere wiederum nicht.

„Florian.", war das einzige was Markus perplex hervorbringen konnte.

„Was soll das Florian?", fragte Lisa nun ergänzend.

„Du weißt worum es hier geht.", wiederholte Florian sich. „Jeder hier sollte dein schmutziges Geheimnis erfahren. Und ganz besonders auch deine Braut.", fügte er hinzu.

Florian steigerte sich in diesen Moment völlig hinein. Es schien als wolle der ganze Frust, die ganze Wut über alles was passiert war in der letzten Zeit jetzt hinaus. Und er konnte es nicht aufhalten.

„Hör auf damit Florian.", versuchte Lisa ihn zu stoppen. Aber es war zwecklos. Florian war wie im Blutrausch. Er konnte nicht aufhören und provozierte Markus immer weiter bis diesem die Hutschnur platzte.

„Ja gut. Ich habe mit Lisa geschlafen. Mit deiner Freundin. Und ich habe meine Frau betrogen. Und das tut mir leid. Schrecklich leid.", schrie dieser nun ebenfalls völlig wutentbrannt heraus. „Bist du jetzt zufrieden."

Darauf folgte nun erstmal ein großes Schweigen. So ähnlich musste es sich bei einem Pistolenduell im Wilden Westen angefühlt haben.

Die Reaktionen der Hochzeitsgäste reichte von peinlicher Berührung bis hin zur Schadenfreude von den Gästen, die sich den ganzen Abend gelangweilt hatten und sich darüber amüsierten, dass mal etwas völlig Unerwartetes passierte.

„Jetzt hast du alles zerstört.", unterbrach Markus die Stille als er realisierte, was er da gerade von sich gegeben hatte. „Ich habe einen Fehler gemacht und das tut mir leid. Ich wollte mich bei dir entschuldigen. Ich wollte es dir erklären. Aber du hast mir ja keine Chance gegeben. Jeden Versuch einer Kontaktaufnahme hast du abgeblockt. Und Lisa war völlig am Boden zerstört, als Du es erfahren hast und einfach abgehauen bist. Sie war unendlich traurig. Und auch ihr hast du nicht mal die Gelegenheit gegeben mit dir zu reden."

Florian hörte die Worte von Markus, aber er wollte ihn nicht den Spieß umdrehen lassen. Der schwarze Peter lag nicht bei ihm.

„Nein, ihr habt es zerstört. Ihr habt es kaputt gemacht", entgegnete er Markus Ansprache.

Florian sah sich im Raum um. Alle starrten ihn schockiert an. Lisa weinte sogar leicht mit einer Hand vor dem Gesicht. War er zu weit gegangen? Hatte er sich von seinen Rachegedanken überkommen lassen? Hätte er sich vielleicht doch einfach nur mit den beiden aussprechen sollen? War er jetzt der Böse?

Florian versuchte seine Gedanken zu ordnen und gab dem Zauberer beiläufig das Zeichen mit der Nummer fortzufahren. Dieser baute daraufhin die Box wieder zusammen und stampfte vorher noch zweimal auf den Boden, da wo die Falltür war. Das war das Zeichen, woraufhin Daniela gleich wieder nach oben steigen solle.

So hatte er ihr es vorher zugeflüstert. Florian war immer noch mit sich selbst beschäftigt. Aber er konnte jetzt nichts mehr rückgängig machen. Und er konnte das Folgende nicht stoppen.

Gleich würde die nächste Bombe hochgehen. Daniela hatte alles mit angehört und würde gleich wieder auf der Bühne erscheinen. Was habe ich getan, fragte er sich.

Der Zauberer sparte sich nun die Showeinlagen. Dafür hatte jetzt sowieso niemand einen Sinn.

Die Situation war irgendwie skurril. Das Zischen der Nebelmaschinen kam allerdings automatisch, als er die Box nach einem Moment wieder auf die gewohnte Art öffnete. Mit einer entsprechenden Geste wollte der Zauberer die zurückgebrachte Braut präsentieren und alle schauten gespannt in Richtung Bühne.

Doch als die Außenwände auf den Boden fielen und sich der Rauch verzogen hatte, war die Bühne immer noch leer. Keine Braut. Keine hochgehende Bombe. Einfach nichts.

Florian und der Zauberer schauten sich gegenseitig fragend an. Lisa hatte immer noch mit ihren Tränen zu kämpfen. Die Gäste schauten irritiert und unangenehm berührt im Raum herum. Einige hatten die Gelegenheit bereits ergriffen das Fest einfach zu verlassen.

„Was soll das jetzt noch? Bringt sie zurück.", forderte Markus vehement.

„Keine Panik.", antwortete der Zauberer, „Sie hat bestimmt nur nicht verstanden, dass sie wieder hochkommen sollte. Ich schaue gleich nach."

Der Zauberer bewegte sich zu Mitte der Bühne und löste die Falltür aus. Das Licht brannte, die Matte war da wo sie sein sollte sowie auch die Leiter zum Hochklettern. Aber von der Braut nicht die geringste Spur.

Jetzt wurde der Zauberer langsam etwas nervöser. Er sprang nun selbst nach unten und verschwand aus Sicht der restlichen Anwesenden unterhalb der Bühne. Nach einer Weile kehrte er durch den normalen Eingang an der Seite des Raumes wieder zurück und machte nur eine schulterzuckende Geste. „Wollt ihr das ganze jetzt noch weiter auf die Spitze treiben. Es reicht." Markus wurde jetzt wieder wütender und schien mit jeder weiteren Minute ein Stück seiner Beherrschung zu verlieren.

„Das ist nicht mehr Teil unserer Showeinlage. Sie scheint tatsächlich verschwunden zu sein.", versuchte Florian sich zu erklären.

„Vielleicht wurde sie entführt. Brautentführungen sind ja nicht unüblich auf Hochzeiten", rief einer der Gäste zu ihnen rüber.

„Nein, nein. Sie wurde nicht entführt. Wir müssen sie nur suchen. Sie muss hier irgendwo im Hotel rumlaufen. Kann ja nicht so schwer sein hier eine Braut zu finden.", beschwichtigte der Zauberer.

Dann machten sich alle noch Anwesenden auf, um die Braut zu suchen. Auch das Hotelpersonal wurde gebeten die Suchaktion zu unterstützen.

Nach etwa einer Stunde kamen alle wieder zusammen. Die Suche war jedoch erfolglos geblieben. Das ganze Hotel wurde auf den Kopf gestellt, aber die Braut war spurlos verschwunden. Vielleicht wurde sie doch entführt? Bevor Markus grün werden konnte, war die Wut in der Zwischenzeit der Verzweiflung gewichen.

„Wieso hast du das getan?", fragte er Florian, der sich neben ihn gesetzt hatte.

„Weil du mit meiner Freundin geschlafen hast", rechtfertigte sich dieser.

„Und deshalb lässt du meine Frau auf meiner Hochzeit entführen?"

„Ich habe sie nicht entführen lassen. Sie wurde nicht entführt. Es wird sich alles aufklären."

Florians Worte hatten mittlerweile einen weicheren Klang. Zudem hatte er einen Arm auf Markus Schulter gelegt, der wiederum die Ellbogen auf seinen Oberschenkeln abstützte und das Gesicht in beiden Händen vergrub.

Florian versuchte Trost zu spenden. Ihm war klar geworden, dass seine Aktion zu weit gegangen war. Das Resultat von angestauter und nicht verarbeiteter Wut in Kombination mit Alkohol und der flüchtigen Bekanntschaft mit einem Zauberer. Lisa und Jana hatten sich in der Zwischenzeit ebenfalls zu den beiden gesellt.

Die Sache wurde langsam ernst. Markus musste nun alle Register ziehen. Also entschied er sich einen Freund bei der Polizei anzurufen. Da Markus Staatsanwalt war, hatte er sehr gute Beziehungen zu den Polizeikräften. Anders wäre es auch nicht zu erklären, dass diese etwas später zur Unterstützung aufgetaucht waren. Im Normalfall hätten zumindest einmal vierundzwanzig Stunden vergehen müssen, soweit Florian wusste. Aber Vitamin B kann manchmal eben doch hilfreich sein.

Nach dem Eintreffen der Beamten herrschte großes Chaos, wie nach einer strittigen Schiedsrichterentscheidung bei einem Amateurfußballspiel. Alle liefen wild umher. Aber hier gab es zum Glück noch keine Verletzten. Als die erste Bestandsaufnahme vorüber war und die Grundfakten abgeklärt waren, hatte einer der Uniformierten dann eine glorreiche Idee. Man könne doch das Handy der Braut mittels GPS orten.

Markus bestätigte, dass sie es bei sich hatte. Da er zugleich Staatsanwalt war, konnten die Kollegen auch irgendwas mauscheln, dass die Ortung kein rechtliches Problem darstellte.

Im Detail war Florian das aber auch egal. Wichtig war nur, dass sie Daniela finden würden. Und tatsächlich. Dank der Handy-Ortung konnten sie den aktuellen Aufenthaltsort herausfinden. Als Florian die Adresse sah, musste er zwei Mal hinsehen. Sie kam ihm sehr bekannt vor. Und so machten sich alle auf den Weg dorthin, um die Braut zu retten.

Kapitel 15 – Eine Braut auf Abwegen

Drei Stunden zuvor:

Die Hochzeit war so wie Daniela sie sich schon immer vorgestellt hatte. Bereits als kleines Mädchen hatte sie davon geträumt
und sich unzählige Male in Gedanken ausgemalt, wie es wohl
sein würde.

Wie sie in ihrem wunderschönen weißen Kleid vor den Altar
schreiten würde. Sie wusste damals schon, dass überall weißen
Rosen stehen mussten, denn Rosen waren schon damals ihre
Lieblingsblumen. Sie hatte sich bereits vor langer Zeit den Ablauf
der Zeremonie genau vorgestellt. Die ganze Familie und all ihre
Freunde in den festlichsten Kleidern würden in den Reihen der
kleinen, mittelalterlichen Kirche sitzen und auf sie warten, bis sie
sich mit langsamen Schritten an der Hand ihres Vaters durch den
schmalen Gang zu ihrem Bräutigam bewegte.

Jede Szene der Hochzeit hatte sie bis ins letzte Detail bereits
in ihrem Kopf geplant. Die Szene wie beide im Angesicht Gottes
ihr Ja-Wort gäben. Die Szene wie ihr Bräutigam ihr den goldenen,
mit einem Diamanten besetzten Ring ansteckte. Und auch die
Szene wie er ihren Schleier lüftete, um ihr den entscheidenden

Kuss zu geben, nachdem der Priester sie offiziell verheiratet hatte.

Sie wusste damals noch nicht wer die zwei entzückenden kleinen Geschöpfe sein würden, aber sie wusste, dass nach der feierlichen Zeremonie zwei kleine Blumenmädchen in hübschen Kleidern vor ihnen herlaufen würden, mit kleinen geflochtenen Körbchen, die mit Rosenblättern gefüllt wären und welche die beiden vor ihnen auf dem Weg streuen würden.

Auch das darauffolgende Fest war bereits seit langer Zeit in Gedanken fest eingemeißelt. Alle würden dort sein und unendlich viel Spaß haben. Nur das beste Essen, eine große Auswahl an Getränken und sie würden zur schönsten Musik bis in den Morgengrauen ausgelassen tanzen und singen.

Und genauso lief alles ab. Jedes Detail passte genau zur Planung, die Daniela über viele Jahre hinweg immer weiter konkretisiert hatte. Nun ja, bis auf eine kleine, winzige Sache. Sie heiratete den falschen Mann.

Das Problem an der Geschichte war, dass sie eigentlich einen anderen Mann liebte. Jemanden in den sie schon seit der Schulzeit verliebt war. Zu der Zeit war er noch ihr Klassenkamerad.

Er war anders als die anderen. Er war reifer. Er war rebellisch. Ließ sich von niemanden etwas sagen. Er war ein Anführer, dem die Jungs folgten und den die Mädchen süß fanden. Es gab zwar einige Gerüchte, dass er bei den Mädchen nichts anbrennen ließ und nur darauf aus war Jungfrauen zu knacken, so wie einst Telly aus Kids.

Aber das änderte nichts an ihren Gefühlen für ihn. Sie blendete alles Negative, was über ihren Schwarm erzählt und getratscht wurde einfach aus und sah ihn stets in einem rosaroten Schimmer.

Dann eines Tages, nahm auch er sie war und die beiden bändelten an. Daniela war überglücklich und war sich sicher, dass er der Mann sein würde, der sie eines Tages am Altar in Empfang nehmen würde.

Mit ihm hatte sie dann auch ihr erste Mal. Obwohl es nicht so besonders schön war wie sie es sich vorgestellt hatte, verklärte sich ihr Rückblick später darauf und dieser Junge von damals hatte von diesem Moment an einen festen Platz ganz tief in ihrem Herzen, von dem niemand ihn jemals hätte verdrängen können. Aber dieser Junge war nun mal nicht Markus. Sein Name war Hans-Martin.

Obwohl er sie unmittelbar nach ihrem romantischen Schäfer-stündchen abgeschossen hatte, blieb er für Daniela die große Liebe und egal was sie versuchte, sie konnte sich emotional nicht von ihm lösen. Sie blieb stets am Ball und hin und wieder ließ er sich auf ein erneutes Ringelpietz mit anfassen ein, was in ihr die Hoffnung wieder entflammte doch eines Tages mit ihrem Prin-zen glücklich zu werden. Aber mehr als Rangeln war meistens nicht drin. Danach hielt er sie wieder auf Abstand.

In der Zwischenzeit lernte sie dann irgendwann Markus ken-nen, der zwar ganz nett war und möglicherweise eine vernünf-tige Wahl für eine sorgenlose Zukunft, aber richtig geliebt hat sie ihn noch nie.

Für sie gab es in Wirklichkeit immer nur den einen. Das war auch der Grund, warum sie sich immer auf die kleinen One-Night-Stands mit Hans-Martin eingelassen hat, obwohl sie offizi-ell mit Markus leiert war. Insgeheim hoffte sie immer noch, dass sie Hans-Martin eines Tages bekehren könnte. Vielleicht würde er sich ja doch eines Tages ändern. Vielleicht würde er sich dann doch besinnen und erkennen, dass nur sie die Richtige für ihn war.

Leidglich die Zeit machte ihr allmählich einen Strich durch die Rechnung, denn je älter sie wurde, desto unwahrscheinlicher wurde das von ihr so sehr ersehnte Szenario. Und mit jedem weiteren Jahr, das verging, keimte in ihr eine gewisse Torschlusspanik auf.

Irgendwann war der Zeitpunkt gekommen, da sie sich entscheiden und festlegen musste. Nachdem sie bereits bei den ersten beiden Anträgen von Markus auf Zeit gespielt hatte und behauptete, dass sie noch nicht so weit wäre, fühlte sie sich bei seinem dritten Versuch gezwungen ihm nun doch ein Ja zu geben.

Schließlich hatte sie Angst am Ende noch ganz allein da zu stehen. Und so kam es schließlich zu dieser Hochzeit mit Markus, den sie eigentlich gar nicht liebte und den sie regelmäßig mit Hans-Martin betrog.

Aber wie gesagt, war bis auf dieses kleine Detail mit dem falschen Mann alles genauso wie sie es sich immer erträumt hatte. Naja, und dieser Überraschungsauftritt dieses Zauberers, der gleich auf die Bühne kommen sollte, war so von ihr nicht geplant gewesen. Eine überraschende Idee ihrer besten Freundin, die ihn vor Kurzem irgendwo gesehen hatte, völlig begeistert war und ihn spontan für einen Auftritt auf der Hochzeit angeheuert hatte. Aber das war schon ok. Im Moment hatte sie sowieso nur Augen für einen.

Hans-Martin war nämlich auch gekommen. Ob er doch etwas für mich empfindet und es mir einfach nur nicht sagen kann, fragte sich Daniela.

Warum hat er bloß diese Schlampe Jana mitgebracht? Daniela hasste sie dafür, dass sie mal mit Hans-Martin zusammen war und ihr damit die Tour vermasselte. Und jetzt scheinbar schon wieder.

Was fand er nur an ihr? Weder mit ihrer Intelligenz noch mit ihrer Körbchengröße konnte die dumme Kuh mit Daniela mithalten. Zumindest war das die Meinung von Daniela. Und den Vorwurf der Polemik ließ sie sich dabei nicht gefallen. Was bildete diese arschgesichtige Dorfmatratze eigentlich ein. Blöde Hackfresse. Diese Bitch sollte bloß ihre dreckigen Finger von Hans-Martin lassen. Sonst würde sie es noch bitter bereuen.

In ihren Gedanken redete sich Daniela immer mehr in Rage. Doch dann beobachtete sie etwas Seltsames.

Daniela sah zu wie Hans-Martin sich zu Jana bewegte, die eine ziemlich miese Laune zu haben schien, sich seine Jacke von der Stuhllehne griff und scheinbar den Raum verlassen wollte.

Jana schien das nicht zu passen und fasste ihm am Arm, um ihn zurück zu halten. Dann stritten sich die beiden heftig, woraufhin Hans-Martin schlussendlich dann doch den Raum verlies und eine ziemlich entsetzte Jana zurück lies, welche nun mit den Tränen kämpfte.

Daniela freute sich innerlich und schaffte es kaum das breite Grinsen zu unterdrücken, welches ihr nun im Gesicht lag. Vielleicht hatte er ja jetzt doch endlich erkannt zu welcher Frau er wirklich gehörte.

Allerdings konnte sie diesen Gedanken nicht lange weiterverfolgen, denn schon einen Augenblick später begann dann der Auftritt dieses Zauberers.

Als der große Panini wurde er angekündigt. Eigentlich war die Show, die er ablieferte, ganz gut, aber Danielas Gedanken kreisten nur noch um ein Thema.

Hatte Hans-Martin diese Flittchen jetzt etwa endgültig abserviert? Ihr den Laufpass gegeben, wie es Tom Brady nicht hätte besser machen können. War er sich seiner wahren Gefühle bewusst geworden, auf ihrer Hochzeit. Jetzt da es zu spät war und er gemerkt hat, dass er sie tatsächlich verloren hat. An einen anderen Mann. Konnte er diese Situation nicht mehr aushalten und ist deshalb gegangen. Daniela war so vertieft in ihr eigenen Gedankenkarussell, dass sie im ersten Moment gar nicht mitbekommen hatte, als der Zauberer sie aufforderte auf die Bühne zu kommen. Erst als ihre beste Freundin und Trauzeugin sie anstupste, reagierte sie.

Eigentlich hatte sie darauf jetzt gar keine Lust, aber da die Hochzeitsgäste sie mit Applaus und entsprechenden Ausrufen quasi dazu drängten, konnte sie sich nicht länger zieren.

Daniela erschrak beim Zischen der Nebelmaschinen während sie die Bühne betrat. Der Zauberer kam auf sie zu und flüsterte ihr etwas ins Ohr. Jedoch war sie durch ihren inneren emotionalen Konflikt noch so aufgewühlt, dass sie nicht alles verstand was er sagte.

Nur ein paar Bruchstücke. Sie solle in die Mitte der Box gehen. Irgendwas mit einer Falltür und einer Matte unterhalb der Bühne. Doch das für sie Durchdringendste, was sie verstand war ein ganz anderer Satz.

„Ich tue das für einen guten Freund, der Dich vor einem großen Fehler bewahren will. Markus ist nicht der richtige Mann für Dich."

Diese Wortfetzen klangen in Daniela lange nach.

„Ich tue das für einen guten Freund."

Daniela folgte nun den Anweisungen des Zauberers und stellte sich in die Mitte der Box, dessen Außenwände dieser anschließend aufrichtete.

„Der dich vor einem großen Fehler bewahren will."

Nach den kryptisch klingenden Aussprüchen des Zauberers öffnete sich die Falltür und Daniela fiel hinunter. Sie landete eine Ebene weiter unten auf einer weichen Matte. Doch sie erschrak nicht durch den unerwarteten Sturz in die Tiefe. Im Gegenteil. Sie schien wie hypnotisiert.

„Markus ist nicht der richtige Mann für dich."

Was sollte das bedeuten? Das konnte nicht sein? Oder doch? War das Hans-Martin, der hinter dieser ganzen Aktion steckte?

Die Szenen, die Daniela noch kurz zuvor beobachtet hatte und jetzt das hier. Das passte alles zusammen. Endlich hatte er erkannt, dass es nur die eine für ihn gab. Nämlich Daniela. Und diese pompöse Nummer mit dem Zauberer, der die Braut vor den Augen des Bräutigams verschwinden lassen soll, passte genau zu ihm. Er war schon immer eher das Gegenteil von subtil.

Oh Hans-Martin, dachte sie. Ich liebe dich auch. Warte auf mich. Ich eile zu dir.

Daniela raffte sich von der Matte auf, was gar nicht so leicht war, mit dem schweren, aufwendig gearbeiteten Hochzeitskleid. So schön es auch war, praktisch war es nicht, was durch jeden Toilettengang aufs Neue bewiesen wurde.

Als sie es geschafft hatte, verließ sie den kleinen Abstellraum, durch die einzige Tür, welche sie in einen kleinen Flur führte.

Sie musste sich das Kleid mit beiden Händen hochhalten, um beim Laufen nicht über selbiges zu stolpern.

So huschte sie über den Flur an dessen Ende sie eine Treppe erreichte, über welche sie nach unten kam. Sie folgte der Beschilderung, um die Rezeption des Hotels zu erreichen, wo auch der Ausgang zu finden war.

Als sie an der hinteren Ecke des großen Eingangsportal ange-
langt war, konnte sie an der Drehtüre noch Hans-Martin entdecken, wie er das Hotel verließ und in den Porsche stieg, den ihm
ein Mitarbeiter des Hotels soeben vorgefahren hatte, um dann
unmittelbar los zu fahren.

Wieso fuhr er weg? Wollte er nicht auf seine Geliebte warten?

Vielleicht rechnete er nicht mehr damit, dass Daniela erscheinen würde. Vielleicht hatte er aufgegeben. Er fuhr wahrscheinlich zu sich nach Hause, um dort in seiner Festung der Einsam-
keit in Selbstmitleid zu versinken, weil er es vermasselt hatte.
Weil er zu lange gebraucht hatte, um sich seiner wahren Gefühle
bewusst zu werden.

Hätte er doch bloß auf Obi Wan gehört und schon früher
seine Gefühle erforscht.

Doch er irrte sich. Es war noch nicht zu spät. Danielas Gedankenkarussell drehte sich wieder wie wild. Sie war bereit, ihre
soeben geschlossene Ehe auf den Müll zu werfen für ihn. Sie
konnte nicht anders.

Daniela lief nun weiter in Richtung Ausgang und ignorierte
alle irritierten Blicke, die sie nun von den anderen Hotelgästen
für diese skurrile Situation erntete. Daniela nahm gar nicht war,

dass die Szene aussah, als stamme sie aus einem schlechten Liebesfilm.

Am Ausgang angekommen, stieg sie in das erste Taxi, das dort in der Warteschlange stand. Hans-Martin verzage nicht. Ich bin schon auf dem Weg zu dir, sagte sie sich immer wieder selbst in Gedanken vor.

Eigentlich hatte sie keine große Lust mit dem Taxifahrer zu reden und ihm in allen Einzelheiten die Situation und ihre Gefühlslage zu erläutern. Aber die Tatsache, dass er nun eine frischgebackene Braut in ihrem Hochzeitskleid umherfuhr, weckte zwangsläufig dessen Neugier.

Also musste sie zumindest ein paar Erklärungen liefern, um ihn vorerst ruhig zu stellen. Sie beschränkte sich dabei jedoch nur auf die wesentlichen Fakten.

Der Taxifahrer nahm eine gewisse Anspannung in Danielas Gesicht wahr und versuchte sie mit einem Witz aufzumuntern, so wie er es des Öfteren bei seinen Fahrgästen tat.

„Hey Lady. Kennen sie den? Warum verläuft sich ein Henker auf dem Weg nach Hause?"

Hiernach machte er eine kurze Pause, um die Frage zu betonen, auf die er allerdings keine Antwort hören wollte, weil er diese gleich selbst geben wollte.

„Weil er nur die Hinrichtung im Kopf hat."

Nachdem er das gesagt hatte, musste er lauthals loslachen. So war es immer, wenn er seine kleinen Witze erzählte. Diesen Witz hatte er neulich auf dem Kurzwitzfestival aufgeschnappt. Dort konnte er sein Repertoire an Witzen gehörig aufstocken, auch wenn er sich nicht alle Witze merken konnte, die dort erzählt wurden.

Er kannte unglaublich viele Witze und die meisten waren auch komisch, aber egal wem er einen Witz auch erzählte, war er meist immer der, der am lautesten darüber lachen musste. Aber auf dieses Weise brach er in der Regel immer sehr schnell das Eis zwischen ihm und seinen Fahrgästen und kam dann leichter mit ihnen ins Gespräch. Das war das was ihm Spaß machte an seinem Job. Mit Leuten in Kontakt zu kommen. Etwas über sie zu erfahren. Und hin und wieder sprangen dabei auch sehr faszinierende Geschichten raus.

So wie das eine Mal wo er einen Fahrgast durch die Stadt kutschierte, der zunächst nichts von sich preisgeben wollte. Später stellte sich heraus, dass er damals vor dem Jahr 1989 mit seiner Familie aus der DDR geflüchtet war, um nach einer aufregenden Flucht, bei der sie fast gestorben wären, endlich den Westen zu erreichen. Viele Jahre später, da seine Frau an einer unheilbaren Krankheit verstarb, reiste er nun durch das ganze Land, um Teile der Asche seiner Frau an Orten zu verstreuen, die für die beiden eine besondere Bedeutung haben. Diese Geschichte hatte ihn sehr berührt. Auch bei ihm hatte er die zuerst vorherrschende Distanz mit einem seiner Witze gebrochen.

Dieses Mal konnte er das Kommunikationsband allerdings nicht spannen mit seinem Witz. Daniela hatte nicht wirklich einen Nerv für solche Mätzchen. Sie war mit den Gedanken ganz woanders. Etwas reserviert lächelte sie daher nur als Reaktion auf den Witz.

Der Taxifahrer sah ein, dass er bei ihr keine Chance hatte eine interessante Geschichte abzugreifen und beschränkte sich aufs Fahren. Daniela hoffte, dass er ordentlich Gas gäbe, aber an jeder roten Ampel, welche ihre Fahrt unvermittelt zum Stillstand brachte, musste sie sich auf die Zähne beißen.

Und so schlängelten sie sich durch die Stadt. Von Ampel zu Ampel. Warte auf mich. Gleich bin ich bei dir mein Schatz, murmelte sie dabei in Gedanken immer und immer wieder.

Einige Minuten später waren sie dann bei der Adresse angekommen, die Daniela dem Taxifahrer gegeben hatte.

An der Haustüre angekommen klingelte Daniela zunächst und wartete in heller Aufregung darauf, dass ihr gleich ihr Traumprinz die Tür öffnete.

Der Taxifahrer hatte ihr angeboten noch vor der Türe zu warten, aber das hielt Daniela nicht für nötig und hatte ihn wieder weggeschickt.

Niemand öffnete. Also klingelte sie nochmals. Doch nach einigen Minuten Wartezeit und mehrfachen Klingelversuchen, sah sie ein, dass er wohl nicht daheim war. Sie konnte schließlich nicht wissen, dass er genau in diesem Moment wild umschlungen in einen ausgearteten Rangel-Zweikampf verstrickt war mit der vollbusigen Blondine, die er auf der Hochzeitsfeier aufgerissen hatte.

Aber Daniela war schließlich nicht zum ersten Mal hier und kannte die geheimen Zuwege zu Hans-Martins Wohnung. Also untersuchte Daniela die Steine, die dort vor der Tür herumlagen, in der Hoffnung unter einem den Schlüssel zu finden, so wie sie es gewohnt war.

Doch auch dieses Unterfangen blieb erfolglos. Daniela wollte aber nun nicht so einfach aufgeben. Ihr fiel wieder ein, dass Hans-Martin diesen Tick mit der Schiebetür zur Terrasse hatte, die er gelegentlich vergas zu verschließen.

Sie machte sich daher auf den Weg ums Haus, um durch den Garten über die Terrasse ins Haus zu kommen. Und wie der Zufall manchmal so will, hatte sie Glück. Die Tür war nicht abgeschlossen und sie konnte das Haus betreten.

Hans-Martin würde bestimmt gleich nach Hause kommen, dachte sie. Er würde niedergeschlagen und deprimiert sein ob der Tatsache, dass er seine große Liebe verloren hätte.

Mit diesem Gedanken im Kopf orientierte sich Daniela in Richtung Schlafzimmer. Sie legte sich dort aufs Bett in ihrer vollen Hochzeitsmontur, um Hans-Martin dann zu überraschen, wenn dieser zurückkäme.

Jedoch war sie mittlerweile so müde, dass sie sofort einschlief, als sie sich auf dem bequemen Bett niedergelassen hatte.

Kapitel 16 – Frauentausch

Das Blaulicht der Streifenwagen erhellte den gesamten Straßenzug, als sich die Fahrzeuge dem Haus von Hans-Martin näherten. Das war die Adresse, welche durch die Ortung von Danielas Handy herausgekommen war.

Nachbarn, die vom Lärm der Sirenen aus ihren sanften Träumen gerissen wurden, liefen auf die Straße, nur mit den Bademänteln bekleidet, die sie sich noch in der Eile über ihre Pyjamas geschmissen haben.

So herrschte schnell ein richtiges Gewusel auf der sonst so ruhigen Straße.

Florian kannte die Adresse. Die Straße. Das Haus. Es war noch nicht allzu lange her, da war er selbst hier gewesen. Mit Jana. Da waren sie in leicht angetrunkenen Zustand quasi eingebrochen. Den Aspekt der Geschichte behielt Florian wohl besser für sich.

Aber sie hatten eigentlich nichts Schlimmes getan. Sie hatten nur etwas zurückgeholt, was sowieso Jana gehörte. Von diesem Hans-Martin. Florian hasste diesen Typen. Der sorgte nur für Ärger. Aber ein Entführer? So sehr Florian ihn verabscheute, traute er ihm so etwas nun auch nicht zu. Warum sollte er das auch tun. Er hatte gar kein Motiv.

Aber warum war Daniela dann verschwunden? Und warum tauchte sie ausgerechnet hier wieder auf?

Auf diese Fragen hatte Florian im Moment noch keine Antworten. Keiner hatte darauf Antworten.

Als der Wagen anhielt, stiegen Florian, Markus, Lisa und Jana aus. Sie waren alle in einem Wagen zu der Adresse gefahren. Es herrschte eine merkwürdige Stimmung. Irgendetwas in der Schnittmenge von Wut, Schock und Verzweiflung. Die ganze Fahrt über hatte niemand von ihnen irgendetwas gesagt. Das „Wir sind da.", was Markus bei der Ankunft von sich gab, war das einzige was das Schweigen dann endlich brach.

Begleitet von ein paar uniformierten Beamten, näherte sich die Gruppe unter den neugierigen Blicken der Nachbarn der Haustüre.

Einer der Polizisten betätigte zwei Mal kurz hintereinander die Klingel. Sie warteten auf eine Reaktion, doch es passierte nichts. Alles blieb ruhig. Dann wiederholte der Polizist die Prozedur. Wieder nichts.

„Es reicht. Wir müssen da jetzt rein.", versuchte Markus die Beamten dazu zu motivieren nun etwas vehementer vorzugehen. Ein etwas jüngerer Polizist schaute seine erfahrenen Kollegen fragend an.

„Können wir denn die Tür einfach aufbrechen?"

Obwohl der junge Kollege eigentlich nicht ihn ansprach, antwortete Markus trotzdem stellvertretend.

„Die Situation ist klar. Gefahr im Verzug. Ich bin Staatsanwalt und gebe ihnen grünes Licht da jetzt reinzugehen."

Für einen Moment war Markus ganz in der Rolle des Staatsanwalts und schien den wirren Cocktailmix von Gefühlen verdrängt zu haben, der ihn eben noch völlig aufgewühlt hatte.

„Aber die Tür scheint ziemlich massiv zu sein.", wandte ein andere nun ein. „Ich denke nicht, dass wir es schaffen die einfach einzutreten. Ich glaube da müssen wir schon schwereres Geschütz anfordern."

Jana, die in der Zwischenzeit die Steine vor der Haustür untersucht hatte, unterbrach diese strategische Planlosigkeit.

„Ich weiß vielleicht wie wir reinkommen können."

Die anderen drehten sich daraufhin zur ihr um. Jana erklärte ihnen den Trick mit der Schiebetür an der Terrassenseite des Hauses.

Florian erinnerte sich ebenfalls wieder daran. Also machte sich die Truppe auf den Weg durch den Garten um das Haus rum, um selbiges dann durch die nicht verschlossene Terassentür zu betreten.

Die Gruppe um Markus und Florian wuselte nun durch das gesamte Haus. Die Lichter gingen an. Die Räumlichkeiten wurden gründlich durchsucht. Alles wurde auf den Kopf gestellt und auf links gedreht.

Es dauerte nicht lange bis sie das Schlafzimmer erreichten. Und dort staunten sie nicht schlecht als sie die Braut in ihrem weißen Traum von Hochzeitskleid auf dem Bett liegend vorfanden.

Markus stürzte zum Bett und schüttelte sie sanft.

„Daniela. Geht es Dir gut?", rief er dabei.

Keiner wusste was passiert war und ob es ihr gut ging. Doch schon im nächsten Augenblick öffnete sie ihre Augen und stieß einen großen Gähner aus zur Überraschung aller Anwesenden.

„Was ist los?", fragte sie mit einem noch leicht verschlafenen Blick.

Markus konnte die Situation nicht richtig einschätzen und versuchte die bisherigen Ereignisse noch einmal faktisch zusammen zu fassen.

„Wir haben doch heute geheiratet. Während der Feier bist du auf einmal verschwunden. Als du bei diesem blöden Trick von dem abgehalfterten Zauberer mitmachen solltest. Wir haben uns Sorgen gemacht. Die Dinge liefen nicht wie geplant. Keiner wusste was passiert war oder wo du warst. Wir haben das gesamte Hotel abgesucht, aber nicht die leiseste Spur von dir gefunden. Dann habe ich die Polizei informiert. Über eine Ortung deines Handys konnten wir deinen Aufenthaltsort bestimmen. Und daher sind wir jetzt hier. So wie es aussieht hat dich dieser Hans-Martin mit irgendwas betäubt und dann entführt. Aber mach dir keine Sorgen. Ich bin hier, um dich zu retten. Alles wird wieder gut. Dieser Typ wird dir nie wieder was antun können. Dafür werde ich sorgen."

Daniela schaute ihren Angetrauten mit großen Augen an. „Hans-Martin? Wo ist er? Entführt? So ein Unsinn.", entgegnete sie Markus Ausführungen.

In der Folge erzählte Daniela ihre Geschichte. Sie erklärte den anderen was passiert war, warum sie hier war und was in Wirklichkeit ihre Gefühle waren.

Markus konnte das nicht glauben. Er verstand auf einmal die Welt nicht mehr. Er wusste, dass er einen schrecklichen Fehler gemacht hatte, als er sie mit Lisa betrogen hatte. Aber nun war auf einmal er derjenige, der betrogen wurde. Und zwar die ganze Zeit über. Florian überkam in dem Moment ein Anflug von Mitleidsempfinden. Wer hätte gedacht, dass sich das alles in dieser Art und Weise auflösen sollte.

In Markus kochte es jetzt. Die Wut stieg in ihm auf. Er musste den Raum verlassen.

Florian musste nun Daniela darüber aufklären, dass nicht Hans-Martin hinter dieser Geschichte steckte, sondern er selbst. In diesem Zusammenhang musste er ihr natürlich auch über die Gründe dafür, also den Fehltritt von Markus, erzählen.

Und dann setzte Jana noch einen drauf und berichtete von der blonden Tittentussi, die Hans-Martin auf der Hochzeit abgeschleppt hatte.

Es herrschte eine betroffene Stimmung. Jeder hier in diesem Raum wurde von einem anderen betrogen oder verletzt. Und jeder hatte auch selbst Dreck am Stecken. Der eine mehr. Der andere weniger. Alle waren emotional getroffen. Aber keiner war frei von Schuld. Florian verließ nun auch den Raum, um Markus zu suchen.

Er fand Markus in der unteren Etage. Dort sprach dieser gerade mit einem Kollegen von der Polizei. Nachdem sich die Dinge nun so aufgeklärt hatten, wollten die Beamten vermutlich endlich wieder abrücken, dachte sich Florian. Doch als er sich der Szene näherte fiel ihm ein kleiner Plastikbeutel auf in der Hand des Polizisten, der mit einem weißen Pulver gefüllt war. Kurz darauf beendeten sie ihre Unterredung und der Polizist trat ab.

Als Florian fragte was das zu bedeuten hätte, erzählte Markus ihm, was sich in der Zwischenzeit ergeben hatte. Bei der Suche nach der Braut hatte einer der jungen Kollegen wohl ein Tütchen

Kokain gefunden, welches offenkundig auf dem Tisch lag. Markus hatte daraufhin soeben eine Hausdurchsuchung angeordnet. Und diese würde gleich beginnen.

Florian wusste, dass Markus auf Grund der aktuellen Ereignisse eine riesige Wut auf Hans-Martin hatte. Dieser Fund kam ihm wie gelegen. Jetzt hatte er die Möglichkeit ihm richtig einen reinzuwürgen.

Florian war sich zwar bewusst darüber, dass die Motivation von Markus sich hier voll zu engagieren, persönlicher Natur war, aber auch er hatte so seine menschlichen Probleme mit diesem Typen und daher entschloss er sich die Dinge einfach geschehen zu lassen. Er hatte genug von allem und wollte sich da nicht einmischen. Markus würde sich schon um die juristische Korrektheit der Geschehnisse kümmern.

Da Hans-Martin anderenorts mit Bergsteigen und Höhlenforschung beschäftigt war, ahnte er von alldem nicht das Geringste.

Doch seine Unbeschwertheit würde schon bald vorüber gehen. Jede Scheiße fällt irgendwann auf einen zurück. So wie man in den Wald ruft, so schallt es auch zurück. Manchmal dauert es bis dahin nur etwas. Die Frage ist also nicht ob, sondern nur wann.

Während immer mehr Beamte im Haus rumliefen, verließ Florian das Gebäude. Er wollte nach Hause. Aber er willigte ein noch einen Umweg in Kauf zu nehmen, um Lisa nach Hause zu begleiten.

Der Weg war zwar nicht allzu weit, aber dennoch sollte eine junge Frau mitten in der Nacht nicht allein durch die Straßen ziehen.

Als die beiden sich auf den Weg machten, stellten sie fest, dass dies das erste Mal war, wo die beiden allein waren, seit Florian an jenem Tag das Haus verlassen hatte. In diesem Augenblick hatten die beiden die Gelegenheit einmal ungestört über alles zu reden.

Und das taten sie auch. Sie redeten den ganzen Weg lang, so wie sie es schon so lange nicht mehr getan hatten. Sie bemerkten dabei gar nicht, dass sie eine Abkürzung verpassten und somit einen kleinen Umweg in Kauf nahmen.

Als sie dann an der Wohnung angekommen waren, führten sie ihre Unterhaltung dort weiter und blieben auf diese Weise noch eine ganze Weile dort stehen.

Nach einiger Zeit verabschiedeten sich die beiden dann. Lisa betrat die Wohnung und Florian machte sich auf den Weg zu seiner vorübergehenden Unterkunft bei seiner Schwester. Für einen Moment hatte er darüber nachgedacht mit Lisa gemeinsam reinzugehen du dort zu bleiben. Aber dafür war er nicht bereit. Zumindest noch nicht.

Während das Gewusel im Haus einem Schlussverkauf im Einkaufszentrum glich, bat Markus einen der jungen Kollegen Daniela nach Hause zu fahren.

Er war zwar ziemlich sauer auf sie, aber seine Weste war ja schließlich auch nicht rein. Und immerhin war sie sie Frau und daher spürte er eine gewisse Verantwortung für sie.

Als der Polizist mit Daniela gerade verschwunden war, tauchte Jana plötzlich auf. Die ganze Aufregung war ihr wohl auf den Magen geschlagen und sie hatte daher für eine ganze Weile das stille Örtchen aufgesucht.

Markus hatte völlig vergessen, dass sie auch noch hier war. Die beiden kannten sich noch von früher. Sie gingen damals auf die gleiche Schule und machten zusammen das Abitur. Zwischenzeitlich waren sie sogar mal ein Paar gewesen zu dieser Zeit.

Aber es hielt nicht lange. Da jeder an einem anderen Ort zu studieren begann und beide sich einig waren, dass eine Fernbeziehung keinen Sinn machte, trennten sich die beiden einvernehmlich. Sie sah immer noch genauso süß aus wie damals fand Markus.

Da er noch wusste, dass sie nicht sehr weit von hier entfern wohnte, bestand er darauf sie nach Hause zu begleiten. Von dort aus wollte er sich dann ein Taxi rufen.

Und so machten sich auch Markus und Jana auf den Weg, während die Exekutive ihrer Arbeit nachging.

Die ganze Situation glich mittlerweile einer sehr skurrilen Folge Frauentausch.

Zwar ohne die Stars eines bekannten Privatsenders wie Andreas, bei dem sich nichts ändert und alles so bleibt wie es ist.

Ohne Hardy, welcher der Welt gezeigt hat, wie man bei den großen Geschäften mit nur einem Blatt Klopapier wunderbar klarkommt.

Und ohne Nadine, für die Bio Abfall ist.

Aber dafür mit Florian, Lisa, Markus, Daniela, Jana und Hans-Martin in den Hauptrollen.

Kapitel 17 – Katharsis

Zwei Monate später:

Es war ein sonniger Tag heute. Blauer Himmel und keine Wolke am Himmel. Der erste schöne Tag seit langer Zeit.

Florian schlenderte durch die Stadt. Auf dem Weg kam er an einer Imbissbude vorbei. Auf der stand geschrieben: „Heiße Würstchen...Und wie heißt Du?"

Florian musste darüber schmunzeln. Er war halt anfällig für solche flachen Anspielungen. Auch wenn andere über so etwas nicht lachen konnten. Außerdem war er froh, dass er überhaupt noch lachen konnte.

Die letzte Zeit war schließlich alles andere als einfach gewesen. Ein ständiges Auf und Ab. Sein Leben kam ihm vor wie eine Fahrt auf der Colorado oder der Black Mamba.

Doch in der kürzeren Vergangenheit schienen sich die Dinge wieder zum Positiven zu entwickeln.

Aus unerklärlichen Gründen hatte er seinen alten Job wieder. Er hatte sich mit Lisa ausgesprochen und die beiden haben entscheiden sich noch eine zweite Chance zu geben. Und jetzt war auf den Weg in seine ehemalige Stammkneipe, um sich auf ein Bier mit Markus zu treffen. So wie sie es früher des Öfteren getan hatten.

Für einen Moment lang war Florian in seinen Erinnerungen gefangen und es schien als wäre nichts von alle dem jemals passiert. Als wäre es für einen Moment noch genauso wie früher. Doch das war es nicht. Es wurde viel Vertrauen zerstört. Die Dinge, die passiert sind, können nicht einfach ungeschehen gemacht werden. Es würde Zeit brauchen. Aber Florian war der Meinung, dass es das wert war diese Zeit zu investieren. Er wollte nicht mehr zurückblicken, sondern nach vorne.

Und er war gespannt was die Zeit so bringen würde. Mit diesen Gedanken im Kopf betrat er die kleine, gemütliche Kneipe, welche sich mitten im Stadtzentrum befand.

Markus wartete bereits an einem der Tische. Bis auf ihn waren sonst nur drei ältere Typen anwesend. Diese saßen jeweils allein an der Theke, waren nur mit sich selbst beschäftigt und kippten sich dort einen nach dem anderen hinter die Binde.

Als sich Florian an den Tisch herantrat, kam bereits die Kellnerin an und stellte zwei große, kühle Biere auf dem Tisch ab. Ein Teil der Schaumkrone lief am Glasrand herunter und wurde am

Boden von einem Bierdeckel gestoppt, auf den ein obszöner Spruch aufgedruckt war.

„Schön, dass du gekommen bist.", begrüßte ihn Markus und reichte ihm die Hand.

Florian nickte ihm zustimmend zu, erwiderte seine Geste und setzte sich zu ihm. Dann erhoben beide ihr Glas, schauten sich für einen Moment lang in die Augen und nahmen einen großen Schluck zu sich.

Florian mochte die Tatsache, dass sie sich viel sagen konnten, ohne dabei viel zu sprechen, so wie es bei Männern oft üblich war.

„Wie geht es Dir?", fragte Florian als er sein Bier wieder abgestellt hatte.

Was auch als übliche Smalltalk-Floskel verstanden werden konnte, war in diesem Moment eine wirklich ernstgemeinte Frage.

„Gut. Und Dir?" entgegnete Markus. „Ich habe gehört du hast deinen alten Job wieder?"

Florian wusste was hinter dieser Frage steckte.

Für Florian kam die Situation völlig unerwartete, aber vor ein paar Wochen kontaktierte ihn Ralf. Er hatte plötzlich die kommissarische Geschäftsleitung der Firma übernommen, nachdem sein alter Chef aus ihm unbekannten Gründen die Firma verlassen hatte.

Ralf hatte sich natürlich an Florian als guten und zuverlässigen Mitarbeiter erinnert und bot ihm seinen alten Job allerdings zu etwas besseren Kondition als vorher an. Da musste Florian nicht lange überlegen und sagte zu.

Bei seinem ersten Arbeitstag zum neuen Monatsanfang stellte er zudem fest, dass auch Hans-Martin nicht mehr Mitarbeiter in der Firma war. Was genaues konnte ihm dazu keiner sagen, aber er wusste tief in seinem Inneren, dass es etwas mit den Ereignissen der etwas ungewöhnlichen Hochzeitsnacht zu tun haben musste und dass Markus ganz genau wusste, was da vor sich gegangen war.

„Ja, da hast du richtig gehört. Aber ich denke, dass du mir vielleicht eher etwas darüber erzählen kannst."

Markus grinste, nachdem Florian dies gesagt hatte. Und dann begann er zu erzählen, wie es nach dieser unglaublichen Nacht weitergegangen war.

Er erzählte davon, dass sie neben dem Beutel Kokain, noch ein paar andere Substanzen gefunden haben. Insgesamt waren die Mengen aber lediglich im Rahmen des Eigenbedarfs. Also nicht ausreichend, um daraus etwas zu stricken.

Allerdings habe die darauffolgende Hausdurchsuchung ein paar andere sehr interessante Dinge zum Vorschein gebracht. Es wurden verschiedene Unterlagen gefunden, die auf Steuerbetrug und Korruption hindeuteten. Aus diesen Unterlagen ergab sich, dass hieran sowohl Hans-Martin als auch Florians ehemaliger Chef beteiligt waren.

Das war vermutlich auch der Grund, warum dieser Hans-Martin in der Firma so schnell aufgestiegen war, dachte sich Florian seinen Teil dazu.

Da Markus als Staatsanwalt genau auf solche Dinge spezialisiert war, nahm er sich dieser Sache persönlich an. Er bereitete in einem Eilverfahren die Anklage vor und erwirkte in dem anschließenden Verfahren hohe Haftstrafen für die beiden.

Korruption und Steuerbetrug sind schließlich keine Kavaliersdelikte, merkte Markus dazu an. Und wer versucht das Finanzamt zu bescheißen, kriegt hier zu Lande die volle Härte des Gesetzes zu spüren. Also zumindest nur von Privatpersonen bis hin zu kleineren mittelständigen Unternehmen.

Wenn das Unternehmen zu groß ist und möglicherweise auch noch ausländischen Ursprungs, dann ist das wieder eine andere Sache. Erstmal da kehren wo man am besten dran kommt und nicht wo der meiste Schmutz liegt.

„Wow. Und das alles in der kurzen Zeit.", wunderte sich Florian. „Ich dachte immer solche Verfahren würden sich über Jahre hinstrecken."

Markus setzte nochmal zu einem Schluck aus seinem Bierglas an, bevor er antwortete.

„Nun ja. Glücklicherweise hat die Politik vor einigen Jahren die richtigen Weichen im Justizwesen gestellt. Es wurde viel Geld investiert. Personal wurde eingestellt. Richter, Staatsanwälte und Verwaltungsangestellte. Das hat zu einer deutlichen Entlastung und zu effizienteren Prozessen geführt. Dadurch können die Verhandlungen viel zeitnaher und auch insgesamt viel schneller durchgeführt werden.

Aber um die Wahrheit zu sagen, lag es in dem konkreten Fall auch an meinem persönlichen Engagement, dass es so schnell ging. Dabei hilft es natürlich auch, wenn man gut vernetzt ist und man noch den ein oder anderen Gefallen einlösen kann."

Markus nahm sein Bier vom Tisch auf und setzte zu einem Schluck an. Er wirkte jetzt leicht melancholisch.

„Weißt Du Florian. Es ist egal ob die Leute arm oder reich sind. Ob sie in einer kleinen Baracke hausen oder in den größten und luxuriösesten Villen. Wenn man bei den Menschen mal einen Blick in die Toilette wirft, dann findet man überall Scheiße. Egal ob Plumpsklo oder Luxusschüssel. Der Inhalt ist immer gleich."

Florian nickte ihm beipflichtend zu und nahm dabei ebenfalls noch einen Schluck.

Florian hatte während der Erzählungen von Markus sein Bier bereits ausgetrunken und bestellte eine neue Runde bei der jungen Kellnerin, welche die Bestellung auch umgehend bearbeitete.

„Das ist echt unfassbar", sagte er während sie erneut anstießen. „Mein Kollege Ralf hatte mich angerufen und mir erzählt, dass er vorübergehend die Geschäftsleitung übernommen habe. Er wollte aber nicht so genau sagen warum oder was genau passiert war. Naja, vielleicht wusste er das selbst auch gar nicht. Ich habe auf jeden Fall nicht lange gezögert als mir angeboten hat, wieder in der Firma einzusteigen. Natürlich zu einem höheren Gehalt als vorher. Aber was da alles hinter gesteckt hat, ist kaum zu glauben. Wenn ich das alles schon viel früher auch nur geahnt hätte."

Florian senkte seinen Blick für einen Moment etwas nachdenklich nach unten in Richtung Tischplatte.

„Naja, aber alles was passiert ist, hätte es auch nicht geändert."

Markus blickte für einen Moment ebenfalls etwas nachdenklich auf den Tisch.

„Ich weiß. Es freut mich für dich, dass sich das mit deinem Job wieder eingerenkt hat. Und wie läuft es jetzt privat bei dir? Ich meine mit Lisa", fragte er dann in einem etwas zurückhaltenden Ton.

Jetzt war Florian an der Reihe zu erzählen und dieser brachte Markus auf den neuesten Stand, was seine Beziehung zu Lisa anging.

Er erklärte ihm, dass sie sich in der Zwischenzeit ausgiebig ausgesprochen haben. Sie haben sich oft getroffen und geredet. Zuerst nur an neutralen Orten, aber später haben sie auch wieder einen gemeinsamen Abend in ihrer gemeinsamen Wohnung verbracht.

Er wusste, dass es noch viel Zeit brauchen würde, aber er war bereit ihr den Fehltritt zu verzeihen. Sie waren beide bereit sich und ihrer Beziehung noch eine zweite Chance zu geben.

Es war ihnen beiden aber auch klar, dass viel Vertrauen zerstört wurde und dass es Zeit brauchte, um dieses Stück für Stück wieder aufzubauen. Aber sie wollten diesen Schritt wagen.

Das Gleiche galt im Übrigen auch für die Freundschaft von Florian und Markus. Auch deren Freundschaft würde Zeit brauchen, bis die Wunden verheilen würden. Aber auch ihm wollte Florian versuchen zu verzeihen. Deshalb war auch heute hierhergekommen. Ein erster Schritt auf einem langen Weg.

Aber auch bei Markus hatte es privat eine Veränderung gegeben. Von Daniela hatte er sich getrennt. Das war auch nicht ganz unerwartet.

Aber was Florian noch nicht wusste, war dass er in der Zwischenzeit mit Jana zusammengekommen war. Nachdem er sie in der Nacht damals nach Hause gebracht hatte und sie gemeinsam in alten Erinnerungen geschwelgt hatten, fragte Markus sie, ob sie nicht Lust hätte sich mal mit ihm auf einen Kaffee zu treffen.

Nochmal unter normalen Umständen zu quatschen lautete der Vorwand.

Und er hatte Glück, denn sie willigte ein. Also gesagt getan, trafen sich die beiden. Und dann nochmal und nochmal. Und dann folgte ein Kuss. Und dann nahmen die Dinge ihren Lauf. Wie so etwas eben passiert.

„Und morgen fahren wir zwei in einen gemeinsamen Urlaub.", fuhr Markus fort. „Naja, genaugenommen war dieser Urlaub mal als Flitterwochenüberraschung für Daniela und mich geplant. Aber das hat sich ja nun mal in eine völlig andere Richtung entwickelt. Sowas kann ja keiner ahnen."

„Du bist ja ein Schlawiner.", stieg Florian darauf ein.

Sie blieben noch etwa eine Stunde in der urigen Schänke. Sie hatten sich viel zu erzählen. Und sie tranken auch viel. Dann machten sich beide wieder auf den Weg nach Hause zu ihren jeweiligen Frauen, welche auf sie warteten.

Als Florian am Abend zusammen mit Lisa auf dem Sofa saß, sie gemeinsam Fernsehen guckten und Lisa sich an ihn kuschelte, war es für einen Moment so wie früher. Alles wieder auf Anfang. Als sei nie etwas passiert.

Und so ließe sich diese Geschichte abschließen frei nach den Worten, die ein Sportkommentator einmal bei einer Fußballübertragung von sich gegeben hatte. ‚Wenn jetzt nichts mehr passiert, dann bleibts dabei.'

Doch der Moment war trügerisch. Nicht alles war wieder beim Alten. Eine Sache hatte sich geändert. Lisa setzte sich auf und sah tief in Florians Augen.

„Ich muss Dir noch etwas sagen."

Florian schaute sie fragend an. Er wusste nicht was sie damit meinte. Was sollte den jetzt noch kommen? Hatten sie nicht schon alles durch?

Lisa war zwar nicht im Baumarkt gewesen, hatte aber trotzdem einen neuen Hammer im Gepäck.

„Ich bin schwanger."

Epilog

Die Frau am Schalter schaute Markus mit großen Augen an, als dieser fertig war diese kuriose Geschichte zu erzählen. „Wow. Und das ist alles wirklich genau so passiert?", fragte sie.

„Ja, ganz genau so hat es sich zugetragen."

Markus drehte sich mit diesen Worten zu Jana um, die ihn in diesen Liebesurlaub begleiten sollte und lächelte sie sehr liebevoll an.

Es schien als könne er der ganzen Geschichte nun auch etwas Positives abgewinnen. Egal wie schmerzvoll alles war, wie viele Gefühle verletzt oder Herzen gebrochen wurden. Vielleicht musste alles genauso passieren, damit er schlussendlich zu seiner wahren Liebe finden konnte.

Im Prinzip ist es doch egal, ob einem Kind gesagt wird, dass die Herdplatte heiß ist. Trotzdem hat es quasi keine andere Wahl sie trotzdem anzufassen und sich dabei die Finger zu verbrennen. Nur so kann es wirklich lernen. Es muss seine eigenen Erfahrungen machen und jeden Fehler machen, der notwendig ist. Anders wird es sich nicht weiterentwickeln.

Mittlerweile hatten sich auch die beiden anderen Damen an den benachbarten Schaltern dazugesellt, um der Geschichte zu lauschen. Und auch die anderen Wartenden in der Schlange, machten keine Anstalten sich lauthals zu beschweren darüber, dass es nicht weiter ging mit der Abfertigung. Auch sie hörten gespannt Markus Worten zu.

Fasziniert beobachtete die Schalterfrau die beiden frisch Verliebten, bevor sie mit ihrer eigentlichen Arbeit fortfuhr.

„So etwas habe ich in all den Jahren noch nie erlebt, dass jemand auf seiner Flitterwochenreise einfach die eigentliche Braut durch eine andere Frau ersetzt. Aber Sie haben auf jeden Fall eine plausible Geschichte mitgebracht, um das Ganze irgendwie zu erklären. Ich weiß nur nicht, ob ich das hier so einfach ändern kann."

In dem Moment schaltete sich der Vorgesetzt der der Dame ein, der zwischenzeitlich auch dazugekommen war, als er beobachtete, dass es an dem Schalter nicht weiterging. Auch er hatte die Geschichte von Markus in allen Einzelheiten mitbekommen.

„Ja, also, das ist kein Problem. Wir ändern einfach den Namen hier und dann passt das schon. Boarding wäre dann in einer Stunde an Gate B70. Wir wünschen Ihnen einen guten Flug und einen wunderschönen Aufenthalt mit ihrer Liebsten." Dann checkte die Dame auf Anweisung ihres Chefs die Koffer ein und überreichte den beiden einen kleinen Aufkleber mit der Gepäckregistrierungsnummer.

„Zum Gate geht es da lang", sagte sie abschließend und wies ihnen mit einer entsprechenden Geste den Weg."

Dann machten sich die beiden auf zum Gate. Schon bald würden sie gemeinsam losfliegen und nur etwas später einen langen Spaziergang am Strand unternehmen und den Sonnenuntergang mit einem fruchtigen Cocktail genießen.

Ein weiser Mann hat einmal gesagt, dass das Leben wie eine Reise mit dem Zug sei.

Aber manchmal ähnelt das Leben eher einer Achterbahnfahrt. Es geht rauf und runter, hin und her. Mal verliert man die Orientierung, überschlägt sich oder bewegt sich im Kreis. Am Ende kommt man da an wo man eingestiegen ist. Das kann man nicht ändern. Wichtig ist nur mit welcher Einstellung man diese Fahrt antritt. Entweder gehört man zu der Sorte, die danach am liebsten kotzen würde oder zu der Sorte, die ohne zu zögern gleich nochmal fahren würde. Wozu gehörst Du?

Zeitfracht Medien GmbH
Ferdinand-Jühlke-Straße 7
99095 Erfurt, Deutschland
produktsicherheit@kolibri360.de